集英社オレンジ文庫

許せない男

～警視庁特殊能力係～

愁堂れな

本書は書き下ろしです。

CONTENTS

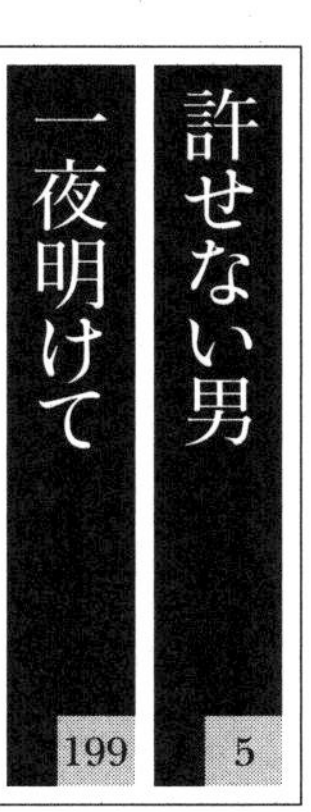

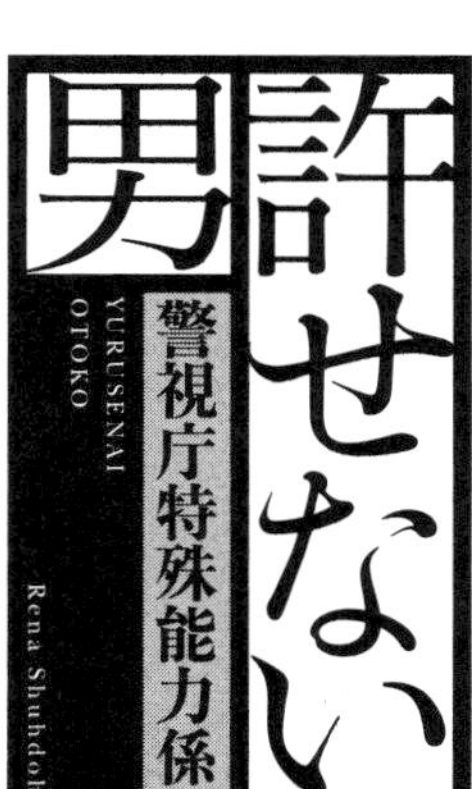
許せない男
警視庁特殊能力係
YURUSENAI OTOKO
Rena Shuhdoh

1

その日はなんとなく空気の色が違う気がした、と麻生瞬は後々それを思い起こした。

不穏、という単語はすぐに出てこず、何か違和感があるという程度ではあったが、どうにもひっかかる、と首を傾げた瞬のスマートフォンが着信に震える。

「はい」

『山本則夫と思しき男を発見した。合流できるか？』

名乗られなかったが瞬には電話の声が誰だか当然わかっていた。

「すぐ向かいます。西口ですよね」

かけてきたのは瞬の上司、警視庁捜査一課特殊能力係長の徳永潤一郎で、声に緊張が漲っているのが感じられる。

瞬は新宿の南口、徳永は西口で『見当たり捜査』にあたっていた。見当たり捜査というのは過去から現在に至るまでの指名手配犯の顔を覚え込み、街中で彼らを探すというもので、『特殊能力係』は見当たり捜査に特化した係である。

『係』といいつつ、メンバーは現在、徳永と瞬の二人だけだが、瞬が配属されて以来『特能係』による逮捕者の数は警察上層部をも唸らすほどで、増員の計画もあるという。

そこまで逮捕者が増加したのには、瞬のそれこそ『特殊能力』が一助を担っていた。瞬は一度見た人間の顔は、それがどのように変化していようと、そして何年経っていようと決して『忘れない』。指名手配犯の顔写真を何百枚見ようが、すべて記憶することができるのである。

徳永は努力によりその『特殊能力』を手にしたが、運がいいことに瞬は生まれたときから身につけていた。

今、徳永が発見した山本則夫は、三年前に強盗殺人の容疑で指名手配された男だった。勤務先の貸金業者に深夜に忍び込み金庫から金を強奪しようとしたところ、ちょうど忘れ物を取りに戻った社長と鉢合わせになり殺害したという事件で、防犯カメラから犯人は山本と特定できていたにもかかわらず、行方をくらました彼の逮捕には至っていなかった。

確か指名手配者のファイルの五ページ目にあった、と思い起こしつつ瞬は、徳永のもとへと向かうべくダッシュした。

「来たか」

徳永が指定した場所は、K百貨店地下の惣菜売り場だった。長身で人目を引く、整った容姿の彼が苦労して気配を消しているさまを見て瞬は、自分が彼のような目立つ外見ではなくてよかったと密かに安堵の息を吐いた。

「どうだ？」

「山本に間違いないと思います」

徳永が指さした先を見やり、瞬は即座に頷いた。

「一課には既に連絡済みだ。見失わないよう気をつけろ」

「はいっ」

溢れるやる気は時に瞬の声を高くした。が、半年も経てばさすがに大声を出していいときと悪いときの区別くらいはついてくる。

随分と己の声をコントロールできるようになっていた瞬は抑えた声で返事をすると、自身もまた気配を消すように心がけつつ、狭い通路を行き来する山本の動向を目で追ったのだった。

「やあ、さすがです。今月に入って三人目ですよね」

その日の午後六時すぎ、警視庁の地下二階にある特殊能力係の室内には、捜査一課三係の若手、かつて徳永が三係にいた頃にペアを組んでいた小池巡査部長が、徳永と瞬に向かい感嘆の声を上げていた。

『特能係』は見当たり捜査専門の部署であり、指名手配犯を発見した段階で捜査一課長に連絡し、逮捕は一課内の他の係に任せる。今日、山本に手錠をかけたのは小池だったとのことで、無事逮捕した旨を報告に徳永と瞬のもとを訪れたのだった。

「逮捕できたのなら何よりだ」

淡々と答える徳永に小池が、

「祝杯、あげにいきましょう」

と誘いをかける。いかにも体育会系といったいかつい外見の小池は徳永を慕い、今日のように用事があるときもないときも、暇さえあれば特能係に入り浸っている。

「行きたいのはやまやまなんだが、今夜は斉藤さんからお声がかかってな」

残念そうに告げる徳永を前に小池が、

「麻雀ですね？」

と、彼もまた残念そうな顔になる。

「斉藤課長の誘いには対抗できません。瞬、お前、麻雀できるか？」

小池は瞬のことも日頃から可愛がってくれており、道場で三人して汗を流すこともよくあった。親しげに声をかけてきた小池に、学生時代に一時麻雀に凝ったことがあったため瞬は、

「嗜む程度は……小池さんは？」

と答え、小池に問い返した。

「俺は役が覚えられねえんだよ」

小池は顔を顰めたあと、

「そしたら二人で行くか？」

と瞬を誘ってきた。

「すみません、今夜は同居人と先約がありまして……」

徳永が行かれないとわかっていたので断りづらくはあったのだが、今日ばかりはドタキャンできないと瞬は小池に頭を下げた。

「同居人って佐生一郎の息子さんか」

佐生一郎というのは二十年近く前に亡くなった著名な政治家で、その一人息子、正史と瞬は幼馴染みであり、現在同居していた。瞬の両親が父親の仕事の関係でインドネシア

に駐在しており、留守宅に佐生が転がり込んできたのである。

「はい。今日、誕生日なんです。彼」

誕生日までには彼女を作ってみせると張り切っていた佐生だったが、瞬の見込みどおり実現せず、誕生日は結局二人で祝うことになったのだった。

料理は佐生の叔母が、有名にして高級なレストランのデリバリーを手配してくれたとのことで、瞬は彼のためにシャンパンを買って帰ると約束し、今朝家を出てきた。

自分までドタキャンするとボッチバースデーになってしまう。それはさすがに気の毒なので、と頭を下げた瞬に小池は、

「そりゃそっちが優先だ」

と気を悪くするふうでもなく、ニッと笑いかけてきた。

「仕方ない。一人で行くわ」

「あ、なんならウチで飲みませんか？　食べ物はたくさんあると思うので」

佐生も誕生日を祝ってもらう相手が大勢いたほうがいいだろうと思いつき、瞬は小池を誘ったのだが、小池は、

「いいって。気にするな」

と笑い、それじゃあ失礼します、と特能係の部屋を出ていった。

「明日にでも誘ってやろう」

徳永は瞬にそう言うと、「お先に」と彼もまた部屋を出ていく。

「お疲れ様です」

まだデスクワークを残していた瞬は徳永を見送ったあと、急いでそれらをすませ、彼もまた帰途についたのだった。

「ハッピーバースデー佐生！」

「ありがとう。やっぱり持つべき者は友だ。俺は瞬がいればもう誰もいらない」

佐生が感極まった声になっているのは、瞬の帰宅を待たず、缶ビールを数缶空けているためと思われた。

「何を言ってるんだか」

苦笑しつつ瞬は、なぜ彼が荒れているのか、理由を聞こうとしたが、佐生は話したくないようで、敢えて話題を料理に向けた。

「ロブションのデリバリー。特別に頼んでくれたらしいよ。誕生日ケーキ付きだって」

「叔母さんも食べたかったんじゃないか？　招けばよかったな」

「叔母さんは食べ飽きてるんじゃないかな」

佐生はそう言うと、シャンパンを一気に呷る。

「ヴーヴ・クリコ、美味しいな。スパークリングじゃなくてシャンパンを選んでくれた瞬に感謝だよ」

「お前が指定したんじゃないか」

瞬が呆れて言い返すと、

「あれ？　そうだっけ」

と佐生はへらへらと笑ったあと、はあ、と深すぎる溜め息を吐いた。

「なんだ、どうした？」

ようやく話す気になったか、とグラスにシャンパンを注いでやりながら聞いてみる。

「……原稿が全ボツになってさ……」

佐生は今、医学部の五年生なのだが、将来の夢は小説家になることで、投稿を繰り返した結果、ある出版社で担当編集がつくところまできたのだった。

原稿にとりかかるまでも大変そうだったが、ようやく最近書き上げたものを提出したと聞いていた。

相当苦労しているのを目の当たりにしていただけに、全ボツはショックだろうと察しはついたが、どう慰めていいものかわからず、瞬は言葉を探した。

「……誕生日だっていうのに、凹むよ」

「まあ、飲め」

それしか言えない。門外漢の自分に何を言われたところで、慰めにはならないだろう。それがわかるだけに、瞬は、自分にできるのは愚痴を聞くことだけだと心の中で呟くと、佐生が一気に呷ったために空いたグラスにまたシャンパンを注いでやった。

「叔母さんにも、瞬君はあれだけ活躍しているんだからあなたも頑張りなさいとか言われちゃうしさ」

「ちょっと待て。なんで叔母さんがそんなことを？」

『活躍』しているなどとは自分は言ったことがないはずだ、と瞬が突っ込むと、佐生が、えへ、と笑いつつ頭を掻いた。

「つい、自慢しちゃった。お前の活躍を」

「他言無用って言ったよな？」

見当たり捜査で指名手配犯を逮捕できたときは、徳永と祝杯をあげて帰ることが多い。酔っ払っているので佐生に聞かれるがまま、逮捕の状況を話してやることも多いのだが、どんなに酔っていても口止めはしてきたつもりだった。

それを喋ったのかとつい厳しい声を出した瞬に、佐生が慌てた様子で言い訳めいたことを喋り出す。

「詳しいことは話してないよ。叔母さんも瞬のことを気にしているから、瞬は瞬で頑張っていると伝えたくらいだ。見当たり捜査のことは言ってないし、お前が一度見た人間の顔を忘れないってことも言ってない。ちゃんと約束は守っているからそんなに怒るなよ」

信用ないじゃないか、と酔っているせいか喋っているうちに反省を忘れたようで、逆に怒りだした佐生を前に、信用できないのは誰のせいだと心の中で毒づきながらも、今日は彼の誕生日である上に原稿全ボツの憂き目にあっていることでもあるし、と瞬は折れてやることにした。

「悪かったよ。機嫌直してくれ。さあ、シャンパンもいいけど、食事もしようぜ。なんだっけ？　ロブスター？」

「ロブションだよ。これ、どう見ても肉だろう」

狙ったわけではない瞬の言い間違いに佐生が噴き出し、それで彼の機嫌はすっかり直ったようだった。

しかし『全ボツ』の落ち込みからは脱していないようで、酒が進むにつれ担当編集からの駄目出しを瞬に愚痴り出す。

「動機が弱いっていうけどさあ、殺したくなる理由って人によってまちまちだと思うんだよね。現実の事件だってそうじゃん。そんなことで殺しちゃったの？　っていう犯人が巷には溢れているのに、リアリティがないって言われて、困っちゃってるんだよ」

ミステリー小説としてのリアリティってことなんだろうけれど、と言葉を続けるあたり、佐生はその駄目出しには納得しているようだった。

「どういう動機にしたんだ？」

問うてみた瞬だが、佐生の答えを聞き、それはボツかもしれない、と心の中で呟いた。

「自分の恋人が心変わりしてしまったのは、彼女とのデートをドタキャンせざるを得ない状況に追いやった友人のせいだ、と復讐を企てるんだ」

「その友人が、犯人の彼女の新しい恋人なのか？」

「いや。違う。友人が財布を落として困っていたので一緒に探してやっているうちに彼女と約束していた待ち合わせ時間に間に合わなくなってドタキャン、そこから喧嘩に発展した。結局友人の財布は鞄の中にあったとわかったこともあって、そのことに早く気づいていたら待ち合わせに間に合って、彼女と別れるようなことにはならなかったのに、という恨みが動機だ。意外だろう？」

「意外すぎるというか…………うーん」

唸(うな)った瞬を見て、佐生はがっくりと肩を落とした。

「やっぱり駄目か。『それが動機だったのか！』という驚きを狙ったんだが」

「もしかしたら現実にはあるのかもしれないけど、説得力ということを考えると……まさに逆恨みがすぎるというか……」

「逆恨みの殺人っていうのがテーマだったんだよ。でもまあ、無理はあるか、やっぱり」

溜め息をついた佐生が、担当編集に言われたという言葉を話し出す。

「主人公が殺したいと願う相手は、まずは別れた彼女。じゃなかったら彼女がそのあと付き合い始めた男だろうって。そりゃそうなんだけど、当たり前すぎると思ったんだよね。実際、説得力はないと僕自身も思うけどさあ」

あーあ、と溜め息をついたあとに佐生は、

「現実には思いもかけない動機で殺人を企てる人間とか、いそうだよな」

と瞬に同意を求めてきた。

「どうだろうなあ」

どう答えればいいのやら。『いない』と言い切るのも『いる』と答えるのも躊躇(ためら)われる。

適当に流そうとしたのがわかったのか、酔っ払いの佐生はいつも以上に瞬に絡んできた。

「じゃあ今まで逮捕した中で、瞬が一番意外だった動機ってなに？」

「言えないよ。わかるだろう？」

「……まあ、わかるけどさ」

そう言いつつも不満そうに口を尖らせた佐生が、シャンパンを一気に空けると瞬に対して身を乗り出してくる。

「いっこだけ。いっこだけでいいから教えて」

「駄目って言ってるだろ」

「いいじゃん、誕生日なんだから」

「わかった。そしたら一緒に考えるよ。これだっていう動機を」

「えー、瞬が？　全然期待できないんだけど」

「なんでだよっ」

ふざけて言い合っているうちに、酔いも手伝って佐生の機嫌は無事に上向いてきたらしかった。

「よし、今日は飲もう。明日からまた頑張るぞ」

「おう、頑張れ。今日はとことん付き合うよ」

誕生日くらいは我が儘(わがまま)を聞いてやろうじゃないか。実際、誕生日でなくとも日常的に我が儘を聞いてやっている気がしないでもないが。心の中でそう呟きながらも瞬は、誕生日に散々な目に遭っていた親友の気持ちを盛り上げてやるべく今まで以上に明るい声を上げ、シャンパンを呷っては相手と自分のグラスになみなみと注いでいったのだった。

そういったわけで翌朝瞬は結構な二日酔い状態で、定時ぎりぎりの出勤となってしまったのだが、地下二階の執務室に入ろうとしたとき、ちょうど部屋を出てきた徳永とぶつかりそうになった。

「麻生、ちょうどよかった。一緒に来い」

徳永は彼にしては珍しく、焦った様子となっていた。

「す、すみません。遅くなって」

二日酔いなどと言っている場合ではなかった。何かあったのだろうか。徳永の焦りが伝染し、一気に瞬は落ち着かない気持ちになったのだが、続く徳永の言葉を聞き『落ち着かない』などという表現では足りないほど仰天してしまったのだった。

「昨夜小池が何者かに襲われたそうだ。今、警察病院で治療を受けている」

「なんですって!?」

驚きが瞬の声を高くした。が、徳永もまた動揺しているらしく、いつものように『声が大きい』といった注意をすることはなく、ただ、

「行くぞ」

と言葉を残し、エレベーターへと向かっていく。

「はい……っ」

何がなんだかわからない。小池が襲われた？　一体誰に？　徳永に続きエレベーターに乗り込みながら瞬は、何より気になって仕方がないことを問いかけた。

「怪我の具合は？　重傷ではないですよね？」

「…………」

徳永が一瞬、言葉を探すようにして黙る。

「……え……？」

まさか、と最悪の事態を想像した瞬の鼓動が、いやな感じで高鳴る。

「命に別状はないとは聞いた」

ちょうどエレベーターが一階に到着したため、徳永の答えは短く、それだけ言うと彼は先に立ってエレベーターを降りていった。瞬もまた急いで彼のあとを追う。

警察病院への移動はタクシーだった。運転手を気にしたのか、車中、徳永は一言も発しなかったが、端整な彼の顔が青ざめていることで瞬は、事態が深刻であることを否応なく感じていた。

警察病院に到着すると徳永は手早く電子マネーで支払いをすませ、瞬を連れて建物内へと駆け込んだ。

「徳永さん」

瞬も見知っている三係の田中が徳永の姿を認め、駆け寄ってくる。

「連絡、ありがとう。それで小池は？」

三係では、小池のすぐ上の年次の若手だった。小池が見るからに体育会系のいかつい外見であるのに対し、田中は小動物のような印象を受ける、小柄で気の弱そうな容姿をしていた。

気性の荒さでいえば自分よりも余程すごいと、いつだったか小池に聞いたことがあるが、とても信じられないと思いつつ、泣きそうな顔で徳永のもとにやってきた田中がどう答えるかと瞬もまた徳永同様、彼を凝視してしまった。

「電話でもお伝えしましたが、命に別状はありません。先ほどＭＲＩ検査も終わって、頭に受けた傷についても心配ないという診断が出たところです」

「……よかった……」

徳永が心底安堵したように溜め息を漏らす。瞬もまた小池の無事を確信し、『よしっ』と大声を出しそうになるのを堪えていた。

「会えるか？　面会謝絶か？」

「一応、面会謝絶にしてますけど、一般病棟に移ったのでご案内できます。徳永さんに知らせたと言ったら嬉しそうにしてました。余計なことをとは言われましたけど」

「……え……」

矛盾（むじゅん）しているような、と首を傾（かし）げた瞬を見て、田中が肩を竦（すく）める。

「素直じゃないんだよ。心配かけたくないんだろう。まあ、体面を考えられる状態になったってことで、僕も安心したんだけどね」

「確かに……」

身体的にも精神的にもギリギリの状態では気など遣えないだろう。瞬もまた安堵の息を吐く。

「こちらです」

田中は瞬にも笑顔を向けてくれたあと、踵（きびす）を返し先に立って歩き始めた。

「どういう状況だったんだ？」

徳永の問いに前を歩いていた田中は心持ち振り返りつつ、説明してくれた。

「八丁堀（はっちょうぼり）に小池がよく行く居酒屋があるんです。大通りから一本路地を入ったところにあって、おでんが美味（おい）しいんです……って、そんなことはともかく、昨日も一人でそこで飲んでいて、十二時過ぎに店を出て、大通りに向かったところを後ろから殴られたそうです」

「殴った相手は?」

「見なかったと小池は言ってました」

「小池と知って殴ってきたのか?」

「それもわからないと……最初に後頭部を一撃され、それで小池は意識を失ったそうなんですが、その後、滅多打ちにされてます。幸い、骨折もしていなくて、打撲で済んではいますが、今は包帯ぐるぐる巻きという状態です」

「単独なのか?　複数か?」

「複数なら酔っていても気づいたはずだから、単独犯じゃないかと本人は言ってますが、実際のところはなんとも……」

かなり酔っていたようです、と顔を顰めると田中は、発見時の状況も教えてくれた。

「人通りが途絶えていたこともあって、発見されたのは一時すぎとなりました。通行人が一一九番通報をしてくれて、救急隊員がまだ意識のなかった小池のポケットを探り、警察手帳を発見して即、警視庁に連絡が入ったのですが……」

「手帳はポケットにあったんだな。財布は?」

「手付かずでポケットに入っていました。物盗(ものと)りの犯行ではないということは確かです」

警官だとわかったために、何も盗まなかったという可能性もありますが、と田中が言葉を足したところで、小池の病室前に三人は到着した。

「小池、入るぞ」

田中が中に声をかけ、引き戸を開く。

「……っ」

そこは狭い個室で、ドアを入ってすぐのところにベッドがあったのだが、徳永に続いて部屋に足を踏み入れた瞬は、横たわる小池を見た瞬間、あまりに痛々しい様子に思わず息を呑(の)んだ。

「あ、徳永さん！」

小池が驚いた声を上げ起き上がろうとして顔を顰める。

「いてて……」

「いいから寝ていろ」

言いながら小池の枕元へと近づいていく徳永の顔色も青い。

「……ざまぁないです」

お恥ずかしい、と、小池が頭を掻(か)こうとし、またも痛みを覚えたようで唸(うな)る。

「大丈夫……じゃないようだな」

　徳永はその様子に呆（あき）れることなく、心配そうに問いかけた。

「一体何があった？　状況は田中に聞いたが、詳しく知りたい。どうだ？　話せるか？」

「話せます……が、正直、俺自身が何もわかってないんですよ。お恥ずかしい話なんですが……」

　そう言いながらも小池は考え考え、話し始めた。

「八丁堀の、いつもの居酒屋で飲んでると偶然、高円寺（こうえんじ）さんたちが店に来合わせて。高円寺さんたちは十一時頃帰っていったんですが、俺はそれからあとも一時間くらい残って、店の大将と飲んだんです。そろそろ閉店っていうんで店を出て、まだ地下鉄動いてるから駅に向かおうとしたら、いきなり後ろからガツンと」

「凶器は鉄パイプで、小池の近くに落ちていました」

　横から田中が説明を補足する。

「指紋は？」

「出ませんでした」

「殴ったのは男か？」

　田中への問いのあと、徳永は小池に問いかけたのだが、小池は情けなさそうな顔になり首を横に振った。

「いきなりだったので男とも女ともわかりません。路地で待ち伏せされたようで、通り過ぎたところをやられました。背後で人の気配がしたと思ったときにはもう殴られていて……」

「お前を一撃で倒したとなると男の可能性が高いか」

徳永の言葉に田中が、

「女性でも剣道の心得でもあれば、いけるかもしれませんが」

と遠慮（えんりょ）深く言葉を足す。

「そうだな」

徳永は田中に頷（うなず）くと、

「目撃情報は？」

と問いかけた。

「今のところは何も。店はちょっと奥まったところにあり、周囲はオフィスビルばかりなもので夜中になると人通りがほぼないんです」

「防犯カメラは？」

「設置されていない路地を狙ったようで……今、近隣のビルに防犯カメラの映像の提出を片っ端から求めています」

「申し訳ないです」

　小池がここで田中に深く頭を下げる。

「お前が謝る必要はないだろ」

　田中は笑って謝罪を退けると、徳永へと視線を向けた。

「小池自身、心当たりはまるでないそうです。しかし通り魔というのも違和感があります。徳永さん、どう思われますか？」

「……俺も小池本人を狙ったものだとは思うが、本人に心当たりがないというのがなんとも……」

　徳永は考えつつそう答えたあと、田中に向かい問いかけた。

「小池が最近かかわった事件についてはもう、確認は済んでいるな？」

「すべてではないですが、小池に恨みを抱きそうな相手という観点で疑わしいものに関してはすべて確認はとれています。数が少ないんですよ。三係なら誰でもよかったとなると少し範囲は広がりますが、刑事をボコボコにしたいというような恨みを抱く相手は、すぐには思いつかないというのが実情です」

　答える田中は途方に暮れた顔をしていた。瞬は彼から小池へと視線を向けたのだが、小池もまた戸惑った表情を浮かべているのを見て、なんともいえない気持ちになる。

「気づかないうちに恨まれていたってことなんですかね」

小池がぽつりと呟いたのを聞き、瞬の頭に昨夜の佐生とのやり取りが浮かんだ。

『現実には思いもかけない動機で殺人を企てる人間とか、いそうだよな』

まさにこれが『そう』だというのだろうか。一体なぜ小池は襲われたのか、と、思いを巡らせた瞬とそして徳永の身に、間もなく『思いもかけない』ことが起ころうとは、未来を見通す力のない彼らが予測できるわけもなかった。

2

小池のところに医師が診察に訪れたのを機に、徳永と瞬は病室を辞し、その足で現場となった八丁堀に向かった。

「……昨夜、一緒に飲みに行けていたらな」

徳永がぽつりと呟いたのは独り言だとわかったが、瞬もまた小池を無理矢理誘えばよかったと後悔していただけに、思わず大きく頷いてしまった。

小池の行き付けの居酒屋は徳永もよく行くとのことで、店の近くから小池が通ったであろうルートを、瞬は徳永と二人で歩いてみた。オフィスビルに出入りする人は大勢いたが、深夜ともなると人通りが絶えるのはわかる、と思いつつ歩いていた瞬に、徳永が声をかけてきた。

「今日の見当たり捜査は東京駅にしよう。お前は八重洲中央口を頼む。俺は八重洲南口を張る」

「わかりました」

　返事をした瞬に徳永が指示を重ねる。

「東京駅には徒歩で向かおう。気になる人物がいたら教えてくれ」

「……っ。わかりました」

『気になる』とは、小池にかかわりがありそうな人物という意味だと察し、瞬は緊張を新たにしつつ、いつも以上に周囲に気を配りながら東京駅を目指した。

「小池が個人的に恨みを買うとは考えがたいが、事件絡みで該当がないとなると、通り魔の線が濃くなるのか……」

　相変わらず徳永は独り言のような感じでぽつりと言葉を口にする。いつにない徳永の言動に違和感を覚えていた瞬だが、それだけ動揺しているということかもしれないと思いついては、何か言わずにはいられなくなった。

「先程の路地で小池さんを待ち伏せしていたとなると、通り魔の犯行というのは違和感がありますよね」

　夜中はほぼ人通りがないということに加え、身を隠せるような場所はなかった。

「ああ。それに無差別に狙うとしたら、小池のようなガタイのいい男は避けそうなものだよな」

徳永もまた頷き、言葉を続ける。

「しかも財布も手つかず。警察手帳を見て臆したという可能性もなくはないが、金くらいは抜きそうだ」

「そうですよね……」

頷いた瞬の脳裏に、全身に包帯を巻かれた小池の痛々しい姿が蘇る。

「……捜査一課が総出で犯人を捜している。我々の出る幕はないな」

ぽつりと徳永が呟く声に、瞬は我に返った。

「…………」

これもまた独り言だろうか。どちらともとりようがなかったが、やりきれなさは募り、込み上げる溜め息を堪えることしかできなかった。

東京駅に到着すると、瞬は徳永の指示どおり八重洲中央口で見当たり捜査を始めたのだが、どうしても小池を襲った犯人へと気持ちがいってしまっていた。

小池を狙ったとすると、犯人はやはり小池に恨みを抱く者ということになる。小池を恨むとしたら彼が逮捕した犯人、もしくはその関係者となろうが、小池の所属する三係では心当たりがないという。

そもそも、小池自身に心当たりがない時点で、彼に恨みを抱く人間を探すのは困難となろう。小池は豪快な男ではあるが、心情的には繊細という印象があった。もし、恨みを買っているような場合は、本人が気づくのではないかと思われる。

それがないとなると、やはり通り魔的な犯行なのだろうか。それにも違和感はあるのだが。

見当たり捜査に関し、手を抜いたつもりはなかったのだが、他に気になることがあったせいかその日の成果はなく、午後六時に徳永に「切り上げよう」と言われたときには瞬は罪悪感を覚えずにはいられなかった。

「申し訳ないです」

「謝罪の必要はない。俺も今日はボウズだ」

『ボウズ』は釣りで何も釣れないことを指す言葉だが、指名手配犯を一人も発見できなかったことに徳永は応用したようだった。

「明日からまた気を引き締めることにしよう」

「はい」

頷いた瞬に徳永はそれでいいというように微笑み、二人して警視庁へと戻る。

「なんだ、これは」

地下二階の執務室に到着すると、徳永が机の上に置かれていた小さなダンボール箱に気づき、訝しげな声を上げた。

「宅配便ですか？　誰からです？」

「……………」

発送人を見て徳永は首を傾げたあと、はっとした顔になった。

「徳永さん？」

「科捜研に持ち込む」

ダンボール箱を手に部屋を出ようとする徳永の言葉に、瞬はぎょっとし、思わずあとを追った。

「まさか……爆弾とかですか？」

「わからん。しかし差出人にまるで心当たりがない」

徳永は淡々としていたが、表情には緊張が滲んでいるのがわかる。

「お前は部屋にいろ」

「しかし……」

そう言われはしたが気になる、と瞬は徳永の指示には従わず、そのまま彼と共に別フロアにある科学捜査研究所へと向かった。

「どうした、徳永。血相変えて」

科捜研に足を踏み入れた途端、声をかけてきた男がいた。徳永の同期の坂本で、いかにも研究者といった雰囲気の、白衣に眼鏡が似合う彼と徳永はかなり懇意であるという話を、瞬はかつて小池から聞いたことがあった。

「俺宛に届いたそうだが、差出人にまるで心当たりがない」

「どれ」

徳永が差し出した小箱を坂本は受け取ると、重さを量るようにそっとそれを上下させた。

「差出人が鈴木一郎って、雑な偽名だな。イチローに怒られるぞ」

続いて宅配便の宛名シールを見て、坂本はそう告げたあと、

「宛先、捜査一課三係になってるな」

と徳永を見やった。

「それがちょっと気になってな」

徳永が眉間に縦皺を刻みつつ告げるのを聞き、坂本もまた眉を顰める。

「気になる？」

「ああ。小池が襲われた話は耳に入っているか？」

「ああ、通り魔だって？」

答えた坂本が、ここではっとした顔になる。

「三係で小池とペアを組んでいたのはお前だったな」

「考えすぎのことを祈るが」

「いや、タイミングが気になる。すぐに調べるから待ってろ」

今や坂本の顔は青ざめ、気が急いているのがありありとわかる表情となっていた。そう言葉を残して奥の部屋へと消えた彼が再び姿を現したのは三分も経たないうちだった。

「小型爆弾だ。開けると爆発する細工となっていた」

「ば、爆弾……っ」

動揺のあまり声を上げたのは瞬だけで、徳永は厳しい顔になったものの、想定内だったのか静かに頷いただけだった。

「やはりな」

「すぐに鑑識と協力して送り主を特定する。斉藤課長には俺から一報入れるか？」

「いや、これから報告に行く」

「わかった」

坂本は頷くと、

「あとは任せろ」

と笑顔を向けてきたが、その笑顔もまた強張っていた。

「身辺気をつけろよ」

坂本が真面目な顔で告げるのに、徳永は「ああ」と頷くと、瞬に向かい「行くぞ」と声をかけ科捜研をあとにした。

捜査一課長の斉藤は在席しており、徳永の話を聞いたあとに、すぐさま捜査会議が開かれることになった。

「徳永宛の荷物は受付に置かれていたとのことだった。いつ置かれたかはわからず、受付嬢が特能係に届けたそうだ。爆弾が届いたタイミングと、小池が襲われたタイミングが同じであるのは偶然とは思えない。となると徳永と小池がペアを組んでいた三年前までの事件の関係者がかかわっている可能性が高いのではというのが俺の見解だ」

斉藤課長の言葉に、会議室内にいた刑事たち全員が息を呑むのを、会議に参加していた瞬は肌で感じることができた。

「小包の宛名も三係の徳永になっていますしね」

古参の刑事が斉藤に同意し、皆も頷く。

「徳永と小池がかかわった事件で、二人に恨みを抱く関係者……徳永、心当たりは？」

斉藤が徳永に問いかけ、会議室内の刑事たちが一斉に、瞬の隣に座る徳永を振り返る。

「まずはご迷惑をおかけし申し訳ありません」

徳永は立ち上がり、深く一礼したあとに、

「心当たりはありません」

と答え、言葉を足した。

「小池に確認したことはありませんが、私も、そしておそらく小池も、これまで嫌がらせめいたことは受けてきていませんし、捜査に加わった事件の関係者から個人的にコンタクトをとられたこともありません」

「小池も心当たりがないと言っていました。三年以上経って恨みを晴らそうとすることにも違和感はあります」

田中が挙手し、そう告げるのに、他の刑事たちも、顔を見合わせ、首を傾げる。

「服役していたとかですかねえ。徳永と小池が逮捕した犯人で、最近刑期を終えた人間を当たってみますか」

古参の刑事の提案に斉藤課長が、

「そうだな」

と頷き、捜査方針が決まった。

徳永と小池がかかわった事件をまず洗い出し、犯人の所在を調べる。過去の事件については当事者の徳永がチェックするのがよかろうということになり、徳永は当面捜査一課のフロアで事件のファイルに目を通し、恨みを抱かれていそうな相手をピックアップすることになった。

「彼も使ってやってください」

地下二階に一人で帰すのは気の毒と思ってくれたのか、徳永は斉藤課長に、瞬にも手伝わせてほしいと頼んでくれ、瞬も他の刑事たちと共に、徳永と小池がかかわった事件の洗い出しに加わることができた。

徳永と小池がペアを組んでいた一年半の間に、二人が逮捕した犯人は軽く百名を超えていた。さすがの検挙率と感心すると同時に、事件の概要がまとめられた書類の読みやすさ、正確さに瞬は舌を巻いた。

署名はやはりというか徳永で、事務処理能力にも長けていることを見せつけられた形とはなったが、徳永と小池、二人を恨みそうな犯人や犯人の身内を見つけることはできなかった。

午前零時頃、すべての事件の洗い出しが終了し、翌朝から逮捕者の所在についてのチェックを始めることが決まり、解散となった。

斉藤をはじめとする捜査一課の刑事たちを最後まで徳永は見送っていたので、瞬もまた彼の近くに控えていたのだが、刑事たちは皆、徳永に対し「気をつけろよ」「捜査は任せろ」と声をかけ、徳永に如何に人望があるかということを今更と思いつつ瞬は悟った。

「お疲れ」

徳永は最後に残った瞬にもそう笑顔を向けてきたが、いつもなら一筋の乱れもない彼の髪がはらりと額にかかっているのを見て、相当疲労を覚えているのではと瞬は急に心配になった。

「大丈夫ですか、徳永さん」

「ああ、大丈夫だ」

徳永は笑顔で頷いたあと、少し迷っているような素振りをした。

「なんですか？」

「……いや……」

問いかけた瞬に対し、徳永は未だ心を決めかねている様子だったが、瞬がじっと顔を見つめていると、気持ちが固まったらしく、

「疲れていないか？」

と聞いてきた。

「全然大丈夫です。徳永さんのほうが心配ですよ」

身を乗り出した瞬を見て徳永は、

「俺は大丈夫だ」

と苦笑したあと、手を伸ばし、瞬の髪をくしゃ、とかき回す。

「これから出かける。いわずもがなだが、口外無用だ」

「……はい……っ」

徳永の言葉を聞き、目的地を察した瞬は思わず高い声で返事をしようとし、慌ててボリュームを抑えた。

「わかってきたじゃないか」

徳永がニッと笑い、またも瞬の髪をかき回す。

「……っ」

いつにないスキンシップに戸惑いを覚えつつも、それだけ動揺（どうよう）していることだろうかと瞬は思い、なすがままに任せていた。

「それじゃ、行くぞ」

「はい」

徳永が先に立って歩きだす。あとに続きながら瞬は、これから向かう先を考えると覆面パトカーではなくタクシーだろうと当たりをつけた。

瞬の予想通り、二人がタクシーで向かったのは新宿二丁目だった。

「あら、いらっしゃい。珍しいわね、こんな時間に」

『二丁目の主』といわれるゲイバー『Three Friends』の店主、ミトモが嬉しそうに徳永を迎える。深夜過ぎの本来であれば混み合っているのではと思しき時間にもかかわらず店内に客はおらず、こういうのを閑古鳥が鳴いているというのだろうかと瞬が考えたのがわかったのか、ミトモがじろ、と睨んで寄越す。

「たまたまよ」

「いや、俺は何も……」

言っていないはず、と慌てた瞬をさらりと無視し、ミトモが徳永に席を勧める。

「とりあえず座って。プライベートでいらしてくださったのなら嬉しいけど、お邪魔虫を連れてるからきっと仕事ね」

「お、お邪魔虫……って俺ですよね？」

当然ながら、と瞬は徳永に確認を取ったが、徳永は苦笑しただけでその問いを流し、スツールに腰を下ろした。仕方なく瞬もまたスツールに座る。

と、そのとき、カランカランとカウベルが鳴る音がしたと同時に、

「おう、ミトモ！　相変わらず空いてんな」

という聞き覚えのある声がしたため、瞬は思わず声の主を振り返った。

「あれ？」

瞬と、そして隣に座りやはり彼を振り返った徳永を見て驚いたように目を見開いた男は、一見してヤのつく自由業と思しきガラの悪い風体をしていた。

ラテン系の顔立ちは非常に整っているが、服装が酷い。派手なアロハに光沢のある生地の黒いスーツを身に纏った彼が刑事であると一体どれほどの人間が信じることだろうと思っていた瞬の目に、男の背後から店に足を踏み入れたもう一人の若い男の姿が飛び込んできた。

男性に対する表現としてはいかがなものかと思うが、とびきりの『美人』である。しかし目つきは鋭い。彼もまた刑事だろうかと思っていると、徳永が二人に呼びかける。

「高円寺。それに遠宮課長。ご無沙汰しています」

「よお、お前も来てたのか」

明るく返事をしたのは、徳永の友人だという新宿西署の刑事、高円寺だけで、『遠宮課長』と呼びかけられたほうの美形の顔は引き攣っていた。

「やあ」

「タロー、どうした？」

高円寺がそんな遠宮の顔を覗き込む。

「用事を思い出した。失礼する」

と、遠宮は唐突といっていい感じで踵を返し、店を出ていってしまった。

「え？」

「おい、タロー」

高円寺が呼びかけた声と、ドアが開閉するときに鳴るカウベルの音が同時に響く。

「仕方ねえな」

肩を竦めつつ高円寺がカウンターに近づいてくる。

「あとを追わなくていいの？」

ミトモの問いに高円寺は、

「今追いかけたほうが酷い目に遭いそうだからな」

とまたも肩を竦めると、その様子をつい、凝視してしまっていた瞬に笑顔を向けてきた。

「『忘れない男』だったよな。ええと名前は……」

「麻生です。麻生瞬」

慌てて名乗った瞬に高円寺が、

「そうそう、瞬だ」

と屈託ない笑顔を向けてくる。

「徳永、そういうことか？」

瞬の隣のスツールに腰を下ろした高円寺は、瞬越しに徳永に問いかけたが、徳永が彼に告げたのは、瞬には意味がわからないこの問いかけに対する答えではなかった。

「ちょうどよかった。お前に聞きたいことがあった」

「俺に？　なんだ？」

戸惑う声を上げる高円寺に、

「ヒサモのボトルでいいわね」

とミトモが断り、背後の棚(たな)からバーボンのボトルを手に取る。

「おうよ」

高円寺はミトモに返事をすると改めて徳永に問いを発した。

「で？　何を聞きたいって？」

「小池と八丁堀で飲んだろう？」

「ああ。偶然会ってな。それが？」

「あのあと小池が何者かに襲われた」

「なんだって!?」

驚きの声を上げた高円寺に徳永が問いかける。

「店の近辺で何か不穏な気配を感じなかったか？」

「まったく感じねえ。しかし小池が？　状況を教えてもらえるか？」

問い返してきた高円寺に徳永は、小池が襲われたときの様子を詳しく伝えた。

「鉄パイプで……いやあ、やべえ奴がいるような感じはしなかったが……」

「小池だけ店に残ったんだよな」

「ああ。一緒に出ればよかったな」

後悔した様子となった高円寺の前にグラスを置きながら、ミトモが徳永に問いかける。

「それでウチに来たの？　小池って刑事に恨みを持つ人間がいないかと、それを探せばいいのかしら？」

「いえ、小池だけじゃないんです」

「だけじゃない？」

問いかけたミトモに徳永が頷き、口を開く。

「俺宛にも今日、爆発物が届きました。警視庁に」

「なんだと？」

声を上げたのは高円寺だったが、ミトモもまた驚いたように目を見開いている。

「ってことはなんだ？　お前と小池、両方に恨みを持つ人間がいるってことか」

高円寺はそう言ったあと、

「でもよ」

と首を傾げる。

「お前と小池がペアを組んでいたのって三年は前だよな？　今更じゃねえか？」

「最近ムショから出てきたとか、そういうこと？」

ミトモはすぐさま、警察と同じ見解となると、

「わかったわ」

と大きく頷いた。

「最近出所した人間で、あなたとその小池という刑事に対して恨みを持っている人間がいないかを調べればいいのね？」

「はい。警察でも追っていますが、もし、そうした噂が耳に入れば教えてもらいたいと思いまして」

徳永はミトモに対してそう言うと、財布を取り出そうとした。

「結果が出てからでいいわよ。アタシも気になるし」

「ミトモ、おめえは本当にわかりやすいな」

呆れてみせた高円寺の前でミトモが、

「あらなんのこと？」

と惚けてみせる。

「まあいいや。わかった。俺も協力するぜ。ああ、そうだ。龍門にも要請かけっか。その手の取材はお手の物だしな」

言っておくわ、と笑う高円寺に徳永が、

「ありがとう」

と頭を下げる。

「いいってことよ。にしても爆弾とは、物騒だよな」

「徳永さん、寮じゃないわよね？　一人暮らし？」

ミトモもまた心配そうな顔になるのに、確かに心配だ、と瞬もまた徳永を見やった。

「気をつけますよ」

「なんならウチ来る？」

シナを作るミトモに高円寺の声が飛ぶ。

「下心を感じるぜ」

「失敬な。純粋に心配してるんじゃない」

ムッとした様子で言い返すミトモに高円寺が「どうだか」と言い返す。

下心はともかく、確かに今度は自宅に爆弾が送られるかもと思うと心配だ、と案じた直後、瞬はある考えに至り、早速それを口にした。

「あの、よかったらウチに来ませんか？」

「あら、坊やも下心？」

ミトモが揶揄するのに、

「お前と一緒にすんなよな」

と高円寺が呆れてみせ、視線を徳永へと移す。

「当面、自宅を空けるのはいい選択かもしれないぜ。確かマンション住まいじゃなかったか？」

「……そうですね」

同じ建物の住民を危険に晒すわけにはいかない、と徳永は頷くと瞬を見た。

「ウチには佐生もいますから。リビングは徳永さんの部屋にしてくださってOKですし」

以前、瞬は徳永のマンションに世話になったことがあった。恩返しがしたいこともあって瞬は、是非ともウチに、と申し出たのだが、徳永は未だ迷っている様子だった。

「しかし佐生君を危険に巻き込むことになりかねないし……」

「大丈夫です。尾行している人間がいないか、常に気を配りますし……あ」

そうだ、と思いついたせいで瞬はつい、声を上げてしまった。

「なんだ？」

「どうしたの？」

高円寺とミトモが瞬に問いかけてくる。

「明日から俺、ぴったり徳永さんにくっついて、周囲の人間を見張ります。小池さんが警察病院にいる今、犯人が狙うとすれば徳永さんとなるわけだし、徳永さんの近辺に複数回現れた人間を一人残らずチェックしてみせます！」

後半、自然と声が高くなってしまっていた瞬だったが、今回もまた徳永は注意を促すことはしなかった。

「さすが……『忘れない男』ね。言い切れるんだもん」

ミトモが感心してみせ、高円寺が「すげえな」と目を見開く中、当の徳永は『苦悩』というに相応しい表情を浮かべていた。

「俺にしかできないと思うんです」

彼の苦悩は、自分に対する配慮だとわかるだけに瞬はそう言い、徳永の目を真っ直ぐに見つめる。

「やらせてください」

徳永もまた、瞬を真っ直ぐに見返していたが、やがて頭を下げたことで彼の視線が外れた。

「……頼む」

「任せてください！」

自然と声が弾んでしまうのをなんとか抑え込んだ瞬の背中を、高円寺がバシッと叩く。

「頼もしいな、おい」

「……っ。頑張ります！」

怪力といっていい力に悲鳴を上げそうになるのを堪えると瞬は、決意を表明するため大きな声を上げたのだったが、いつもであれば『煩い』と注意を促してくるはずの上司が、未だに苦悩に満ちた顔をしているのを目の当たりにし、一刻も早く普段の顔を取り戻させたいという願いを抱かずにはいられないでいた。

3

「ただいま」

「え？　徳永さん？　え？　え？」

佐生と徳永には面識がある。かつて佐生が巻き込まれそうになった事件があり、その際、協力を買って出てくれたのをきっかけに知り合うこととなった。

瞬も心酔している徳永に、佐生もまた心酔しており、たまに飲み会に誘ってやると、すべてをなげうってでも参加しようと試みる。

そんな彼であるから、瞬とともに帰宅した徳永を前にし、戸惑い以上に浮かれた様子となったのだが、諸事情があって徳永が暫く瞬の家に滞在することになると瞬が伝えると、一段と目を輝かせ、ますます浮かれてみせたのだった。

「なんと！　徳永さんと同居ですか！　一体どういう事情で？　どんな事情であっても大歓迎ですよ！　ちょう嬉しいです。嬉しすぎるんですけど！」

「わかってると思うけど誰にも言うなよ？　大学の友達は勿論、叔父さんや叔母さんにもだぞ」

「わかってるって。どうも瞬の俺への信頼度は低いよな」

　ぶつくさ言いながらも佐生は、徳永の滞在中は自分がリビングで寝起きし、瞬の両親の寝室を徳永にあけ渡すと告げ、瞬を感心させた。

「ソファなんかで寝たら翌日の勤務に差し障ります。俺は大学行くくらいなんで、どうかベッドで寝てください」

「それは悪いよ」

　徳永は遠慮したが、佐生は「是非とも」と力説し、あっという間に自分の荷物を部屋から運び出してしまった。

「申し訳ない」

　恐縮して詫びる徳永に、逆に恐縮したらしい佐生が、慌てて言葉を発する。

「いや、俺も居候なんで」

「そうですよ。気にしなくていいです。家賃をもらっているわけでもないし」

　自分に対する遠慮も不要であるが、佐生には更に必要ない、と瞬は徳永に主張することにした。

「ちょっと瞬、ひどくない？　もともと家賃はいらないって、瞬が言ってくれたんじゃないか」

それを聞き、佐生が不満げな声を上げる。

「どうせ払うのは叔母さんになるって、わかってるからだよ」

そうして佐生と言い合いをしていた瞬は、徳永にこう言われ、配慮が足りなかったと瞬時にして反省した。

「家賃は入れさせてもらう」

「そんな。前に徳永さんのお宅にお世話になったとき、家賃払ってないですよね」

「そうそう。光熱費も固定資産税も、払ってるの、瞬の親ですから。気を遣う必要ないですよ」

佐生がここですかさず言葉を足してくるのに、

「だからお前が言うなよな」

と、またも瞬は思わず言い返してから、しまった、とフォローに回る。

「そういったわけなので、もちろん家賃はいりません。あと食事は佐生が作りますんで」

「任せてください」

佐生が胸を張るのを見て、嫌味を言ったつもりだった瞬は、相変わらず調子がいい奴だとこっそり肩を竦めた。

「いや、おかまいなく。佐生君も麻生も、普段どおりに生活してくれ」

徳永は相変わらず申し訳なさそうにしており、彼に気を遣わせないようにするには、やはり、と瞬は佐生を部屋に追いやることにした。

「佐生、俺の部屋使っていいから。勉強に戻れよ」

「えー」

佐生は不満そうな顔になったが、自分には聞かせられない話をしたいとわかったようで、

「仕方ないなあ」

と口を尖らせながらも、パソコンを手に大人しく瞬の部屋に向かってくれた。

「色々悪いな」

徳永はまた詫びたが、明日からの作戦会議をしようと瞬が誘うと頷き、二人はビールを飲みながらダイニングのテーブルで話を始めた。

「三年以上経ってから攻撃してくるなんて、やはり犯人は刑期明けである可能性大でしょうか」

「そもそも、小池と俺を狙った人間が同じということからして確証がないからな」

徳永が言葉を選びつつ、話し始める。

「タイミングからして同一人物かその仲間だとは思うが……」

「小池さんを直接襲撃し、徳永さんには爆弾を送ったと、手段が違うのも気になるのですが」

「小池が襲撃されたあとは警戒されると踏んだのかもしれないな」

徳永は瞬の疑問に彼なりの答えを与えると、ビールをごくごくと飲み干した。

「二缶目、いいか？」

「勿論です。あ、つまみ、何か用意しましょう」

瞬も立ち上がったのだが、徳永は、

「別にいらないよ」

と笑顔で首を横に振り、一人キッチンへと向かっていった。瞬もまたビールを飲み干し、徳永のあとを追う。

「ほら」

徳永は瞬に缶ビールを差し出すと、自分も一缶とり、その場でプルタブを上げた。瞬も彼に倣ってプルタブを開け徳永が飲むように缶に口をつける。

「……情けないことにまるで心当たりがない。小池と担当した事件の犯人も関係者も、癖のある人間はいないとはいわないが、三年経った今になって命を狙ってくる相手が一人も思いつかない」

言いながら徳永はまた、缶ビールに口をつける。

「座りませんか」

冷蔵庫の前に立ちながら飲むという今の状況に違和感を覚え、瞬はそう声をかけるとダイニングへと戻った。徳永もまた無言であとをついてくる。

「……刑事としてどうかと思う。心当たりがないなど……」

ぽつ、と徳永が呟く声が瞬の耳に届く。こんな力ない声を徳永が出すとは、とショックを受けたせいで瞬は思わず身を乗り出し、訴えかけてしまっていた。

「徳永さんも小池さんも、二人して心当たりがないというのはつまり、完全な逆恨みってことじゃないでしょうか。なんでお前が、という相手に恨まれているのだとしたら、心当たりがなくて当然だと思います。徳永さん側に責任はありません。小池さんにだって！」

「…………そういう人間を一人も思いつかないというのが問題ではあるがな」

瞬の発言は徳永に対するフォローにはなり得なかったらしく、苦笑されてしまった。

「しかし泣き言を言っていてもはじまらない。明日からの捜査に尽力するしかないな」

「……頑張ります。俺も」

徳永の言葉に瞬もまた大きく頷く。

「無理はするなよ」

徳永が心配そうな顔になったのは、明日からの瞬の『任務』を気遣ってくれているからと察することができた。

瞬の主たる任務は、徳永の周囲にいる人間——彼が直接かかわっただけではなく、傍にいたというだけの人間の顔をすべてチェックするというものだった。

徳永と小池が逮捕した人間については、今日、捜査一課の端末で写真をすべて見たので頭に入っている。それ以外にも気になる人物がいたら即、本人に知らせる。常人には負荷の大きな任務ではあるが、一度見た人の顔は忘れないという能力ゆえ、瞬にとってはさほど負担を覚える仕事ではなかった。

「大丈夫です。任せてください」

こうして胸を張れることが嬉しい。心からそう思いながら、きっぱりと言い切った瞬に対し、徳永はまた、苦笑めいた笑みを浮かべたが、すぐに表情を引き締めると、

「頼りにしている」

と頷いてみせた。

「…………っ」

徳永に頼られるのが嬉しい。声が弾みそうになった瞬だが、すぐ、浮かれている場合で

はないと気合いを入れ直した。

「そろそろ寝ます。風呂、先にどうぞ。タオル、用意しますね」

「ありがとう」

徳永が礼を言い、自身が下げてきたボストンバッグを手に、佐生が明け渡した瞬の両親の寝室へと向かう。

その背を目で追いながら瞬は風呂の準備をし、徳永のためにタオルを用意した。

徳永が入浴しているうちに、シーツをかえよう。佐生にも手伝わせようかと自室に向かう。

「入っていいか」

ノックをし声をかけると佐生は「勿論（もちろん）」と答え、瞬が部屋に入ったと同時に駆け寄ってきた。

「なあ、どういうこと？　絶対誰にも言わないから教えてくれよ」

「お前を巻き込むなって言われてるんだよ」

瞬は渋ったが、言わなければしつこく佐生に追及されることはわかっていたので、簡単に事情を説明することにした。

「徳永さん宛（あて）に爆弾が届いたんだ。それで暫（しばら）くは一人にならないほうがいいんじゃないかということになって、ウチに泊まってもらうことにした」

「爆弾……」

佐生が青ざめたのは、半年ほど前、この家にも爆弾が届いたことがあったからだった。

「そういう話を聞くと、瞬や徳永さんがどれだけ危険と隣り合わせの仕事をしているか、実感するよ」

佐生は溜め息交じりにそう言うと、

「しかし一体誰なんだろうな？」

と腕組みをし、首を傾げた。

「そこはいいから。ああ、そうだ。シーツの取り替え、手伝ってくれよ」

「わかった。ダブルベッドだと大変だもんな」

佐生は快諾したあと、

「にしても、瞬のご両親が未だに一つのベッドで寝ていることには実は驚いていたんだ」

と悪戯っぽく笑う。

「ラブラブだな」

「まあね。だから駐在にもついていったんだし」

「あ、そうだ。今閃いたんだけど」

「なに？」

佐生の閃きを聞いたことを、次の瞬間、瞬は後悔した。

「あのベッドに誰か二人が寝れば、誰もリビングで寝なくてすむんじゃないか？」

「誰と誰が寝るんだよ」

呆れて問い返した瞬に佐生が、

「くじ引きとか……？」

と答えたあとに「やっぱダメか」と自分で答えを出す。

「リビングで寝るのが嫌ならかわるぞ」

瞬は寝付きがいいほうで、特にソファで寝ることに抵抗はなかった。それでそう告げたというのに、

「それこそ、家賃も払っていないのに家主をソファで寝させられませんよ」

と佐生はふざけてみせたあと、

「お前も激務になるんだろうからな」

と真面目な顔でそう言い、頑張れ、と激励の言葉を口にした。

「ああ。徳永さんを危険な目になど遭わせるものか」

爆弾を送った犯人を――おそらく小池を襲撃したのと同じと思われるその人物を必ず見

つけてみせる、と瞬は拳を握り締め、決意を新たにしたのだった。


翌朝、佐生は本当に徳永と瞬のために早起きをし、朝食を作ってくれた。

「ご飯とパン、どちらにしようか迷ったんですが、ちょうど叔母さんがお取り寄せの島本の明太子を届けてくれていたので、今朝は和食で」

「世話をかけて申し訳ない」

恐縮する徳永に佐生は、

「メシは俺担当なので、気にしないでください」

と胸を張る。

「…………」

朝食など作ってくれたことはなかっただろうに、と瞬はつい恨みがましい目を向けそうになったが、徳永がますます恐縮することになりかねないとわかっていたため、佐生の嘘を見逃すことにした。

家を出ると二人はまずは警視庁に向かい、早朝のミーティングに出席したあと、担当となった四年前の殺害未遂事件の関係者に聞き込みを開始するべく覆面パトカーに乗り込んだ。

「見込みは薄いと思う」

運転は今日も徳永が担当した。見当たり捜査で覆面パトカーを使うことはあまりないのだが、使う際には徳永が運転席に乗り込むことが多かった。

運転が好きなのか、それとも瞬の運転を不安視しているのか、理由を聞いたことはないものの、今日もまた先に徳永に運転席に乗られてしまったため、瞬は助手席に乗り込み事件の概要に目を通しつつ、

「薄いというのは？」

と徳永に問いかけた。

「息子がパワハラにあっていた職場の上司に親が暴行を加えたという事件だった。父親は先月出所したと本人から連絡があった。メンタルをやられていた息子は事件をきっかけに退職して新しい仕事に就いているそうだ。元気で働いていると喜んでいた」

「徳永さんへの恨みは感じられないですね。それだと……」

瞬もまた頷いたのだが、その後、実際出所した父親や息子と顔を合わせた印象でも、徳永に対するマイナス感情を見出すことはできなかった。

結果を警視庁に伝えたあと、徳永は瞬と共に小池を見舞うために警察病院を訪れた。

「俺も早く捜査に復帰したいですよ」

相変わらず全身に包帯を巻いてはいたが、小池は見るからに元気で、すぐにも退院したいのに係長の許可が下りない、と不満を口にしていた。

「それにしても驚きました。徳永さんにも爆弾が届いたって。受付に置かれていたそうですけど、誰が置いたんです？」

「社会科見学で警視庁を訪れていた小学生だった。宅配業者の制服をきた人間に託されたのだそうだ。人相についてはマスクをしていたくらいのことしかわからない。身長、体格もあやふやだそうだ」

「男か女かくらいは？」

小池の問いに徳永が「男だ」と答えたあとに、沈黙が訪れる。

「俺も散々考えたんですが、やはり心当たりがないんですよね」

沈黙を破ったのは小池だった。考え考え、己の思考を話し始める。

「徳永さんも襲われたとなると尚更、思い当たることがない。逮捕のあと徳永さん、被害者にも加害者にも寄り添うじゃないですか」

そう言うと小池は徳永に向かって身を乗り出し、訴えかけてきた。

「被害者も加害者も救われた顔になるのを目の当たりにしてきただけに、俺はともかく、徳永さんが恨まれるというのにはどうも納得できないんですよね」

「…………」

いかにも徳永らしいと、瞬は改めて徳永に尊敬の念を抱いた。被害者にも加害者にも寄り添うというのを今の今、目の当たりにしてきただけに、瞬もまた徳永が恨みを買うことなど『あり得ない』としか思えず、密かに首を傾げる。

「しかし我々が命を狙われたのは事実だからな。殺したいほど憎むというのは相当のことだ」

淡々と告げていた徳永ではあったが、口調とは裏腹に彼の表情は沈痛という表現がぴったりくるほど重々しかった。

「逆恨みですよ。そうに決まっています」

小池が憤った声を上げたのは、徳永の苦悩を見抜いたからに違いない、と瞬は徳永を見やった。

「逆恨み……」

徳永がぽつりと呟いたあとに、首を横に振る。

「逆恨みならますます、三年以上経ってから行動に出るというのに違和感がある。なぜ、少なくとも三年待ったんだ？」

「それなんですよね」

　小池もまた首を傾げる。

「犯人は事件の犯人ではなく関係者で、当時海外にいて、事件のことを知らなかったとか……ですかね？」

　それ以外に『三年以上』という歳月の説明はつかないような、と首を傾げつつも告げた瞬に向かい、徳永と小池、二人して、

「そうだな」

「そうなんだよな」

　と頷いてみせる。

「ともあれ、俺は警察病院にいるので身の安全はまあ、守られていると言えますが、心配なのは徳永さんです。くれぐれも気をつけてくださいね？」

「ああ。お前も気をつけるんだぞ」

　徳永は小池にそう言葉を残すと瞬に向かい「行くぞ」と声をかけ、小池の病室をあとにした。

「小池が元気そうで安心した」

二人になると徳永は瞬に向かい、安堵したように微笑んでみせ、小池の体調をそうも案じているらしい彼の優しさに改めて感じ入った。

「しかし、警察病院内とはいえ、護衛が少ないのが気になるな。斉藤課長に頼んで数名増やしてもらうか」

「そう……ですね」

警察病院もまた、『安全』といえる場所ではないとは、と、半ば唖然としてしまっていた瞬に徳永が問いかける。

「どうだ？　気になる人間はいたか？」

「いえ……今のところは一人も」

朝からずっと瞬は、徳永の傍の人間たちに注意を向けていた。通り過ぎる人間も対象となると常に気を張っていないといけなくて、緊張しっぱなしだった、と、少し気が緩んだせいで唇から微かな溜め息を漏らしてしまった。

「無理するな。長丁場になるかもしれないから」

「無理はしていません。余裕です」

『余裕』は言い過ぎだったが、申し訳なさそうな様子である徳永の罪悪感を払拭したくて瞬は敢えて明るい声を上げ、胸を張ってみせた。

と、そんな彼の視界に、中学生くらいの男の子が数名、飛び込んでくる。こんな時間になぜ、と思うもすぐ、引率の大人がいることに気づき、なんだ、と安堵したものの、閃きが走り、それを徳永に早速訴えた。

「徳永さん、当時子供だったっていうのはどうでしょう」

小池を殴ったり、徳永に爆弾を送りつけたりするスキルがなかったため、三年の歳月を要した。

高校生や大学生という可能性もある。爆弾を作る知識を身につけ、腕力を得るため身体を鍛える。三年間、復讐だけを考えてきた若者がいるかと思うとゾッとはするが、と、つい顔を歪めてしまっていた瞬を徳永はちらと見たあと、

「その可能性も考えてみたが……」

と抑えた溜め息を漏らしつつ言葉を続けた。

「やはり心当たりはない。そうした若者がいたら逆に印象に残るんじゃないかと思うしな」

「……ですよね」

既に想定していた上、結論も出していたかと瞬は、妙案を思いついたと興奮した自分を恥ずかしく思った。

「着眼はいいと思うぞ」

その上、徳永にフォローまでされてしまい、恥ずかしさが増す。なんと答えればいいだろうと考えたこともあり、視線を周囲に巡らせた瞬は、少し後ろを歩いていた一人の女性に気づき、顔を凝視してしまった。

昨日も彼女を見かけた気がする。瞬の視線に気づいたのか、その女性は顔を顰めたかと思うと急に足早になり、瞬と徳永を追い越していった。

「どうした？」

徳永に問われ、瞬は、

「今の女性、昨日も見かけた気がしたんですが……」

と答えつつ、既に人波に紛れてしまった彼女の後ろ姿を探そうとした。

「顔を見すぎたためか、不快そうな顔で行ってしまったんですが……」

「リストにあったか？」

徳永が緊張した面持ちで問いかけてくる。

「いえ、ありませんでした」

「そうか……」

徳永は少し考える素振りをしたが、すぐ、

「追い越していったということは、偶然だったのかもな」

と頷き、そこで話は終わりとなった。

偶然――その可能性は高いだろうが、なんとなく気になる。なぜだろう、と自身の胸に問いかけ、もしや今の女性が人目を引く美人だったからか、という結論に達した瞬の頬に血が上ってきた。

清楚な雰囲気の美女だった。年齢は二十代半ばくらいか。単に自分の好みだったから気になるとか、最低だ、と自身を恥じていた瞬の肩を徳永がぽんと叩く。

「一人百面相などしていると、お前のほうが人目を引くぞ」

「す、すみません……っ」

この口ぶりではどうやら徳永はすべてお見通しのようである。恥ずかしすぎる、とますます赤面してしまいながらも瞬は、その後も徳永や小池の命を狙う人間を見逃すまいと全神経を集中させ、行き過ぎる人々の顔を覚えようとしたのだった。

4

帰宅した瞬と徳永を待ち受けていたのは佐生だけではなかった。

「はじめまして。佐生華子と申します。この子の叔母です」

バツの悪そうな顔をしている佐生の隣で満面の笑みを浮かべていた叔母、華子を前に瞬は、なぜ彼女がここにいる？　という疑問をすぐにも解明せねばと問いかけた。

「叔母さん、どうしてまた……」

「ごめんなさいね。この子から、エアーベッド……ほらあの、電動ポンプを使って空気を入れるマットレスがウチにあるのだけれど、それを貸してほしいと言われて、事情を聞いたら瞬君の上司のかたが当分同居されるというじゃないの。これはご挨拶しなければと思ったのと、この子が料理を担当するっていうから、好みを聞いてレシピを教えてあげようと思ったの。正史はまだレパートリーがそうないでしょう？」

「……悪い。瞬」

立て板に水のごとく喋(しゃべ)り倒す華子を前に声を失っていた瞬に、佐生が心底申し訳なさそうな顔で頭を下げる。

「佐生君にはご迷惑をおかけすることになり、申し訳ありません」

一方、徳永は華子の登場にまったく動揺(どうよう)した素振りをみせず、丁重に頭を下げたあとに名を告げた。

「徳永と申します」

「ご迷惑をおかけしているのは正史じゃありませんの？　ぼんやりした子ですので、厳しくしてくださるとありがたいわ」

「もう、叔母さん。食事の支度(したく)をするんじゃないの？」

佐生は叔母に喋らせまいとし、キッチンへと追いやろうとする。

「わかってますよ。どうか座っていらして。すぐお夕食を用意しますから」

華子は笑顔でそう言うと、ダイニングの椅子(いす)を立ち、キッチンへと向かっていった。

「す、すみません」

慌てて後を追ったのは瞬だけで、佐生は徳永に、

「ほんと、すみません。でも叔母は口は堅いので」

とフォローに走っている。

一番口が軽いのはお前だよ、と心の中で悪態をつきつつ瞬は、華子の手伝いをしようとキッチンに足を踏み入れたのだが、待ち受けていたらしい華子が酷く真剣な顔をしていることに違和感を覚え、思わず彼女の顔を見た。

「瞬君、もしやまた、正史の身が危険に晒されているの？」

「え？」

潜めた声で問いかけてきた華子の瞳が潤んでいる。こうして家に駆けつけ、自分の帰りを待ち構えていたのはそういうことか、と察した瞬は慌てて彼女の誤解を解くことにした。

「違います。佐生を護衛するために徳永さんが同居するようになったわけじゃないんです。詳しいことは言えないですが、佐生は関係ないと断言できます」

「そうだったの」

途端に安堵した顔になった華子を見て瞬は、彼女がどれほど甥に愛情を注いでいるかを改めて目の当たりにし、胸を熱くした。

「心配かけてすみません。万一佐生に危険が迫るような場合は、俺が何を置いても守りますので」

「ありがとう。瞬君。あなたにそう言ってもらえると本当に心強いわ」

華子が心底そう思っているのを感じさせる笑みを浮かべ、頷いてみせる。彼女の信頼を裏切ることは決してすまいという決意を瞬は尚一層固めたのだった。

　瞬の言葉に安心したのか、華子は夕食の支度を手早く終えると、

「夫が待っているから帰るわ」

と告げ、あっさり帰宅してしまった。

「本当にすみません。ソファはやっぱり寝心地がイマイチだったので、エアーベッドがあったなーと思い出したもので……」

　反省しきり、と頭を掻いた佐生に瞬は、華子の本意を伝えてやった。

「叔母さんはお前を心配して来たんだよ。徳永さんが同居するのはお前を守るためなんじゃないかと勘違いしたそうだ」

「え？　そうだったの？」

　意外そうな声を上げる佐生に対し、イラッときたこともあって瞬の語調はきつくなった。

「それだけ叔母さんはお前を心配してくれてるってことだよ」

「……配慮が足りなかったと反省してるよ。てっきり叔母さん、ミーハー心が働いているんだろうと誤解してた。明日にでも謝るよ」

　しゅんとなった佐生を前にすると、言い過ぎたかなという反省が芽生え、フォローの言葉が口から零れる。

「叔母さんが隠していたから気づかなくても仕方ないんじゃないか」

「だとしても、そのくらいの想像力は働かせるべきだった」

落ち込む佐生に対し、何を言ってやればいいのかと考えていた瞬の横から、徳永が佐生に問いかける。

「ところでエアーベッドというのはどういうものなんだい？」

「あ、ちょうど膨らませたのでご覧になります？　これです」

ダイニングの椅子から立ち上がり、嬉々とした様子でソファの近くに置いていたエアーベッドへと向かっていく。

「寝心地は普通のマットレスと同じです。これがあれば無問題。徳永さん、いつまでいてくださっても大丈夫です！」

「さすがに自宅が恋しくなると思うよ」

苦笑してみせながらも、笑いに持っていこうとしてくれている徳永に瞬は、感謝せずにはいられなかった。

「それは当然ですよね……。一日も早く戻れることを祈ってます」

「ありがとう」

にっこりと微笑む徳永を前にし、佐生が嬉しげな顔になる。本人が大変なときだという

のに、佐生のフォローまで請け負ってもらって本当に申し訳ないと心の中で詫びながら瞬は、

「ともあれ、叔母さんの料理を食べようじゃないか」

と二人の意識を華子の料理へと向けることで、誰も気を遣うことのない状況を作り出そうとした。

「叔母さん、超張り切ってたよ。美々卯のうどんすきと遜色ないものを作ってみせるって。美々卯は海老が怖かった記憶があるんだけど、さすがにそれは再現していないみたい」

「うどんすきか。美味しそうだ」

徳永が目を細め微笑む。それを見て佐生もまた嬉しげな顔になったのに気づいた瞬は、徳永の配慮に感謝しつつ、「食べようぜ」と料理に意識を向け続けたのだった。

「申し訳ありません」

先に佐生を風呂に入れると瞬は徳永の滞在する部屋へと向かい、彼に深く深く頭を下げ

た。

「謝る必要はない。佐生君の場合は生い立ちが生い立ちなだけに、叔母さんの気持ちもわかるからな」

徳永は瞬の謝罪を流すと、鞄(かばん)から取り出した手帳を捲(めく)り始めた。

「それはもしかして……」

警視庁を出るとき、引き出しから手帳を十冊あまり取り出し、鞄にしまっていたことが実は少し気になっていた瞬が答えを予測しつつ問いかける。

「ああ。当時、使っていた手帳だ。記憶を呼び起こそうと思ってな」

徳永が視線を手帳から上げずに答えるのを前に、邪魔をしては悪い、と瞬は彼のために茶でも淹(い)れようと、

「失礼します」

と部屋を辞し、キッチンへと向かった。

湯を沸かしながら瞬は、自分たちの捜査は手帳を使うことがないなとふと考え、徳永の使い込んだ様子の手帳が羨(うらや)ましくなった。

子供の頃から観ているテレビドラマの刑事たちは皆、手帳を手に聞き込み捜査をしていた記憶がある。しかし見当たり捜査ではそもそも聞き込み自体を行うことがない。警察学

校でシミュレーションはしたが、あくまでもシミュレーションであり実際とはまるで勝手が違うだろう。

同期は既に配属になった先で捜査にかかわっていると思われる。今の自分の『見当たり捜査』という仕事に不満はないし、やり甲斐もあるが、特殊な部署であるだけに、同期と差が開くばかりではという焦りも感じる。

溜め息を漏らしそうになっていた瞬だが、すぐに、今はそんな馬鹿げたことを考えている場合ではないだろう、と我に返って反省した。

徳永と小池。二人の命を狙っている犯人について、一日も早く見つけ出し逮捕する。徳永がいた当時の三係の他のメンバーに対しても、危害を加えられるのではないかと案じられているというが、今のところ怪しい動きはないと聞く。

なぜ、徳永と小池が狙われたのか。徳永に『心当たりがない』ということに瞬は引っかかりを感じていた。

命を狙われるほどの恨みを抱いている相手に関して、徳永に『心当たりがない』など、あり得るだろうかとどうしても考えてしまう。

小池はともかく、などというと小池に怒られそうだが、人の気持ちを慮ることができる徳永が、自分への恨みを見逃すだろうか。首を傾げていた瞬は、背後から、

「ねえ」

と声をかけられ、我に返った。

「風呂、上がったよ」

声をかけてきたのは佐生で、濡れた髪を拭(ぬぐ)いながらそう笑いかけてくる。

「徳永さんに先に入ってもらってくれよ」

「実はちょっと閃(ひらめ)いたんだけどさ」

どうやら佐生は瞬に風呂を勧めにきたわけではないようで、キッチンに入り込んできたかと思うと潜めた声で彼の『閃き』を話し出した。

「海外とかにいたんじゃない？　犯人」

佐生にしつこく問い詰められ、瞬は結局全てを彼に話してしまっていた。

「……頼むから絶対、徳永さんには言うなよ？　お前に喋(しゃべ)ったってわかったら、怒られるどころじゃすまないから」

「わかってるって。でもバレてる気はするけどな」

肩を竦(すく)めてみせた佐生同様、瞬もそう思いはしたが、それでも明かすわけにはいかない、と佐生を睨(にら)む。

「どうだ？　たとえば駐在とか留学してて三年間戻れなかったとか」

「帰国してから復讐を始めたっていうのはなんか……違和感あるな。正直」

そうも恨んでいるのであれば、なぜ三年間待ったのだろう。駐在にしろ留学にしろ、切り上げてこないだろうか、と首を傾げた瞬に佐生が、

「外交官とか、滅多に帰国できない立場の人だったりして？」

と閃き顔で言ってくる。

「そんな特殊な職業だったら逆に印象に残るよな？」

しかし瞬が指摘すると、

「確かにそうか」

と残念そうな顔になり肩を落とした。

「コレだ！　と思ったんだけどなあ」

「いいから徳永さんに風呂、勧めてこいよ」

考えてくれたことはありがたい。感謝しつつ佐生をキッチンから送りだそうとした瞬に、佐生がまた、

「あ！」

と何か思いついた声を出す。

「なに」

「三年間、記憶喪失だったっていうのはどう？　事故かなんかで」

「………だから……」

そんな特殊な人間が事件関係者にいれば、真っ先に思いつくだろう。説明するより前に佐生もまたその結論に達したらしく、

「……徳永さんに風呂どうぞって言ってくる」

とまたもがっかりした表情となり、瞬の傍を離れていった。

「………」

記憶喪失などを思いつくとは、さすが作家――の卵。想像力が実に豊かだ、と感心してしまっていた瞬だが、創作ではなく現実ではどのようなケースが考えられるだろう、とそれから暫く一人で思考を巡らせてみたものの、これという答えを見つけることができずにその夜も過ごすこととなった。

翌日も瞬は徳永にぴったり張り付き、三年前の事件の関係者に事情を聞く彼の周囲に目を配っていた。

「徳永さんにまた会えるなんて感激だわ」

今日、徳永が訪れたのは、三年前に徳永と小池で逮捕した殺人未遂犯の当時の愛人の店だった。輸入雑貨の店の女主人の名は三枝といい、訪れた徳永を前に懐かしそうな顔で話

し始める。

「三年ぶりかしら。そういや渡辺は出所したんだっけ。宮井さんがわざわざ知らせてくれたんだけど、その件？　渡辺、出所後は宮井さんのところで真面目に働いてるって聞いたけど」

「はい。すっかり更生していましたよ」

「らしいわね。まあいい受け皿があってよかったわよ。私も無関係ってわけじゃないからほっとしたわ」

　サバサバと語る彼女は三年前、銀座の人気ホステスだったのだが、客の一人と愛人の渡辺が揉めた際、脅すために持っていたナイフで渡辺は相手に重傷を負わせてしまった。

　渡辺は傷害の前科があったことから三年の実刑判決がくだり、その時点で渡辺とは切れた、と語る彼女が嘘をついている様子はないと瞬は判断したのだが、徳永もまた同じ判断を下したらしく、

「近くまで来たので寄らせてもらっただけです。お邪魔しました」

　と笑顔で会釈し、

「嬉しいわ。またいらしてね」

　お安くするわよ、という三枝の声に送られ、二人は店の外に出た。

「全然恨んでいる様子はなかったですね。逆に好意的だったかと……」

「可能性としては低いと思っていたが、やはり彼女ではないな」

徳永は頷くと、

「一旦報告に戻るか」

と先に立って歩き始めた。

「昨日はオール空振りだったというが、今日はどうだろうな」

ぽつりと呟いた徳永が、ふと思いついたように足を止める。

「署に戻る前に小池の病院に寄ってみよう。何か思い出したことがあるかもしれない」

「そうですね」

頷いた瞬の脳裏に、全身に包帯を巻かれた小池の痛々しい姿が浮かぶ。

「まあ何か思い出したのなら既に係長に報告しているだろうが」

またもぽつりと徳永が呟く。

「…………」

話しかけているのか、それとも独り言なのか計りかね、瞬は口を閉ざしていた。

通常、徳永の口からこうした呟きが漏れることは滅多にない。いつにない行動を取るのはおそらく、彼が多少なりとも動揺しているからではないかと思う。

動揺の理由は、自分が命を狙われているからではない。自分を狙う人間をまったく思い当たらないことが彼を苦しめているのだとわかるだけに瞬は、どのような言葉をかけていいのか迷っているのだった。

『……刑事としてどうかと思う。心当たりがないなど……』

苦渋に満ちた表情をしていた徳永の声が瞬の耳に蘇る。

彼にあんな顔をさせたくはない。一日も早く普段の徳永に戻ってほしい。そう願わずにはいられない、と一人拳を握り締める瞬を徳永が振り返る。

「何か気になる人間はいたか？」

「……っ。いえ、いません」

今のところは、と答えながら瞬は、考えごとなどしている場合ではなかったと気持ちを切り換え改めて周囲により注意を配り始める。

しっかりしろ、と自分を叱咤していた瞬の心理などお見通しなのだろう、徳永がまたちらと瞬を振り返り、何かを言いかける。

が、結局何も言わずに前を向いた姿を見て瞬は、今彼に気を遣わせてどうするとますます反省し、しっかりせねばと己を律したのだった。

「あ、徳永さん。瞬も。どうです？　何か進展、ありましたか？」

病室を見舞った徳永と瞬の姿を見た直後に小池が問うてきた言葉を聞き、彼が新たに何か思いついた可能性はないと瞬も、そしておそらく徳永も察し思わず顔を見合わせた。

「いや。空振り続きだ」

「……そうですか……」

小池もまたやりきれない顔をしている。攻撃を受けた二人がこうも思いつかないとは、そもそも人違い、もしくは無差別なのではとしか思えない、と瞬はそれを口に出すことにした。落ち込む二人をなんとか力づけたかったためである。

「この際誰でもよかったってことはないでしょうか。それか、頭のおかしな犯人じゃないかと。そうとしか思えません。逆恨みにしろなんにしろ、お二人にまったく心当たりがないというのは、お二人が無関係だという証じゃないかと、僕は思います」

「ありがとよ。しかし、無関係ってことはないと俺は思う」

「俺もだ」

小池が、徳永が瞬に向かい首を横に振る。

「犯人は相当危険を冒している。俺を殴りつけるのもそうだが、徳永さんに爆弾を送りつけるのだって、見つかれば即刻逮捕されるのが目に見えているのにそれでも行動を起こした。そこには何か意味があるはずなんだ」

小池の言葉に徳永もまた頷く。

「特に爆弾。あれは俺を名指ししていた。しかも三年前の部署宛だ。意味がないはずはないんだ」

徳永はそこまで言うと、自嘲ぎみに笑い肩を竦めた。

「しかし何も思い当たることはないんだがな」

「三年経った今、行動を起こした理由を考えてみませんか？　さんざん考えたとは思うんですが」

小池の提案に徳永が「そうだな」と頷き、それぞれが思うところを口にする。

「ムショにいた、というのがありがちですが、それ以外にありますかね」

「三年前は子供だった。三年の間に身体を鍛え、爆発物の知識を身につけた、というのもあるが、該当しそうな人間は思いつかなかった」

「ですよね……」

徳永の言葉に頷いた小池が瞬を見る。

「三年のブランク、他にどんな可能性があると思う？」

「……可能性としては低いと思うんですけど……」

佐生の思いつきを口にするのはどうかと考えた瞬だったが、ありとあらゆる可能性を提示することが何かしらのきっかけになれば、と気持ちを変え口を開く。

「記憶喪失になっていたとか」

「ドラマっぽいな」

すぐさま小池に苦笑され、ですよね、と瞬は頭を掻いた。

「記憶喪失からの連想だが、今、初めて知ったという可能性はあるかもしれないな」

一方徳永はそう言い、考え込む素振りをする。

「そもそも、俺も小池も当時は知り得なかった人物だとしたら探しようがないな……」

ううん、と徳永が唸り、小池もまた「そうですね」と頷く。

「お前とかかわった事件すべてを調べ上げるとなると時間も手間もかかりすぎる。効率的なのは向こうが再度何かしらのアクションを起こしてくれることなんだが……」

「ちょ、ちょっと待ってください。何言ってるんですか！」

徳永の言葉に瞬は思わず反応してしまった。

「再度アクションを起こすって、それってつまり、徳永さんや小池さんの身に再び危険が訪れるってことですよね？　冗談じゃない！　二度とご免です。そんな……っ」

「落ち着け、麻生。言葉のあやだ」

「そうだよ瞬、あくまでも可能性として、だからな。俺らもご免だよ。特に俺はもう痛い思いはしたくないしな」

徳永と小池、二人にフォローされ、瞬は自分が我を忘れていたことに気づかされた。

「すみません……なんか……」

「いや、俺が悪い。部下の心配を煽るなど、するべきではなかった」

申し訳ない、と頭を下げる徳永を前に瞬は、謝罪をさせたかったわけではない、と慌てて言葉を足した。

「違うんです。ただ犯人が今後、攻撃をしかけてくるようなことになったときのことを、自分がまるで考えていなかったのが情けなかっただけなんです……」

「わかってる。俺もお前を落ち込ませたかったわけじゃない。お互い、謝罪はよそう」

ニッと笑いながら徳永が告げてきた言葉に、瞬はどう答えていいのかわからず、黙り込んでしまった。

「そうだよ。実は俺も第二波が来ることは予測していなかった。実際、気をつけるべきだよな」

小池にもフォローされ、申し訳なさが募るあまり、ますます何も言えなくなる。

「……すみません……」

しかし謝罪はしたい、と頭を下げた瞬の頭に、ポン、と徳永の手が載せられる。

「お前は何も気にする必要はない。わかったな？」

「……はい」

頷かねばますます徳永や小池が気を遣うこととなる。それは避けたい、と不本意ながら頷いた瞬ではあったが、徳永の、そして小池の身に二度と危機など及ぼすものかという決意を改めて固めたのだった。

5

小池の病院を辞し、警視庁に向かう途中、瞬の視界に昨日見たはずの一人の女性の姿が過(よぎ)った。

「…………」

不思議と印象に残っていたから間違いはないと思う。昨日、見かけたのも病院近辺だった、と瞬は確認を取ろうと目を凝(こ)らしたが、そのときには既に女性の姿は消えていた。

「どうした」

徳永に声をかけられ、振り返る。

「昨日と一昨日、見かけた女性がいたと思ったんですが」

「追おう」

徳永の顔に緊張が走り、瞬が見ていた方向に歩き出す。

「どんな女性だ?」

「二十代だと思われます。髪型は肩までのストレート、身長は百六十センチくらい、痩せ型です。服装はトレンチコート。スカートでした。昨日も同じトレンチコートで、黒いパンツを穿いていました」

すらすらと答える瞬の横で徳永が、

「さすがだな」

と苦笑する。

「え？」

何が『さすが』なのか、理解できず問い返した瞬を見て徳永は、

「相変わらずだな」

と苦笑しただけで何を褒めたのかは教えてくれなかった。が、今はそれどころではない、と瞬は先程見かけた女性を探すべく、彼女が向かった方向に足を進めた。だが建物内に入ったか、地下鉄に降りたか、結局見つけることはできなかった。

女性を追えないことがわかった時点ですぐに瞬と徳永は警視庁へと戻り、女性の身元を判明させようとした。

「徳永さんと小池さんがかかわった事件の犯人の中にはいませんでした」

データはすべて見ている。断言した瞬に、

「これがお前じゃなければもう一度確認しろと言うところだが」

と徳永はまた苦笑したあと、少し考える様子となった。

「似顔絵を作るというのはどうでしょう」

頭の中には画像がある。これを見せられれば一番手っ取り早いが当然ながら手段はない。それで似顔絵捜査官に頼むという手段を思いついたのだが、徳永もそれしかないと思ったのか、

「そうだな」

と頷き、似顔絵捜査官のところに瞬を向かわせた。

似顔絵捜査官は瞬の二学年上の若い女性警官だった。

「あ、『忘れない男』君ね。よろしく」

活発な雰囲気の彼女の名は香川理奈といい、画力を買われて警察学校卒業後、似顔絵捜査官の専門職として本庁勤務になったという。

「特技を活かせたのはよかったけど、目指していた刑事とはちょっと違うかなと思うこともあるかな……って感じじゃない？」

自己紹介のあと、彼女はにっこり笑って瞬にそう尋ねてきた。

「ええ。まあ……」

「まあ、焦らずいきましょう」

頷いていいものかと迷っていた瞬に香川は再びにっこり笑ってそう言うと、スケッチブックを開き瞬に質問をしながら鉛筆を動かし始めた。

「若い女性ね。太ってる？　痩せてる？　髪型は？　有名人で似た感じの人はいる？」

質問も的確な上、技術も確かなようで、瞬の頭の中にあったイメージがまさにそのまま描き出されていく。

「凄いですね」

まさしく『特技』だ、と感嘆の声を上げた瞬に対し、香川は、

「あなたも凄いわよ。一度見ただけで顔は勿論、服装まで正確に覚えているんだから」

と賞賛を返してくれながら、書いた似顔絵を差し出してきた。

「徳永さんによろしく。超イケメンって聞いたので、会えるのを楽しみにしていたんだけど、残念だったわ」

「すみません」

来たのが自分だけで、と頭を下げた瞬に彼女は、

「あなたも充分眼福だったから」

と、意味がわからない言葉を告げると、またね、と瞬を送り出した。

「徳永さん、できました」

捜査一課にいる徳永のもとに瞬は似顔絵を届けた。

「再現率は？」

受け取りながら問いかけてきた徳永だったが、

「ほぼ百パーセントです。凄いですね、似顔絵捜査官って」

と答えた瞬の声を彼は聞いていなかった。

「これは……」

「どうしたんです？　誰かわかったんですか？」

徳永の顔からはすっかり血の気が引いている。彼がこんな顔をするなんて、と驚くと同時に不安にもなった瞬は、一体何が徳永をこうも動揺させているのかと、身を乗り出し問いかけた。

「徳永さんの知っている顔ですか？　誰なんです？」

わかったからこそその驚きだろう。声を発することができないほどの驚愕を与えたその人物とは誰なのか。

瞬が見つめる先、徳永は絵から目線を瞬へと向けると、

「愚問だとわかっているが聞かせてくれ」

と眉間に縦皺を刻みながら問うてきた。

「はい」

「この顔で間違いないな？」

「……はい……？」

なぜ確認を、と頷きながらも語尾が疑問形になった瞬に対し徳永は、

「見てくれ」

とパソコンに近づき、犯罪者のデータベースを検索していたかと思うと、画面に一枚のデータカードを呼び出した。

「あっ」

カードには写真も掲載されている。画面の中の若い女性は間違いなく、瞬が昨日と今日、連続して見かけた女性だった。

「彼女です！　間違いありません」

言い切ったあと、なぜ徳永が動揺していたのかと、データの内容を読もうとしたが、読むより前に理由を徳永が教えてくれた。

「椎崎瞳――三年前、彼女は逮捕後に拘置所内で自殺した」

「えっ。じゃあ俺が見たのは……」

幽霊？　と問いそうになり、そんな馬鹿な、と頭を振る。

「足はあったと思います」

「馬鹿」

徳永は苦笑すると、ぽん、と瞬の頭を叩いた。

「他人のそら似でしょうか。どういう事件だったんですか？　徳永さんと小池さんが担当されてたんですか？」

矢継ぎ早に問いかける瞬に徳永は、

「落ち着け」

と再び瞬の頭をぽんと軽く叩くと、画面を見ながら説明を始めた。

「三年前、週刊誌でもかなり大きく報道されたが、覚えていないか？　新宿の会計事務所の開所一周年のお祝いを事務所内でしていたところ、鏡開きをした樽酒に青酸カリが混入されており、事務所の人間三名とゲストで招かれていたクライアントの社員二名が死亡した事件だ」

「あ、覚えてます。逮捕された事務員が取調中自殺をしたので警察署の責任が問われたって……あ」

世論でかなり叩かれていたことを思い出したと同時に、徳永もまた当時叩かれたのではという当然のことに気づき、瞬は慌てて口を閉ざすと頭を下げた。

「すみません」

「謝罪は不要だ」

徳永は淡々とそう告げたあと、言葉を続けた。

「あの事件は四係が担当だったので、捜査状況について詳細は知らないが、物証が出たということだったと記憶している」

「……あれ？」

徳永の今の言葉を聞き、瞬に疑問が芽生える。

「四係が担当だったとしたら、徳永さんも小池さんも関係ないですよね」

そもそも犯人の女性は亡くなっている。となれば他人のそら似でしかなく、連日姿を見かけたのも偶然という可能性が高い。そう言おうとした瞬の前で徳永の顔色がさっと変わる。

「……来い」

「え？」

いきなり上着を手に立ち上がった徳永を見て瞬は驚き、即座には行動を起こすことができなかった。

「ど、どこに」

　しかし自分にかまわず部屋を出ようとする徳永の後ろ姿を見て我に返ると、慌てて彼のあとを追う。

「小池のところだ」

「病院ですか？」

　行ってきたばかりではないかと驚いた瞬だが、それだけにただ事ではないと緊張を新たにした。

　余程気が急いていたのか、徳永が移動手段に選んだのは覆面パトカーだった。ハンドルを握る徳永は問いかけられない雰囲気を醸し出していたが、それは彼が何かしらの結論を出そうと思考を巡らせているからだとわかるだけに瞬は大人しく助手席に座っていた。

　病院に到着すると徳永はほぼ駆けるような速度で廊下を進み、小池の病室のドアを勢いよく開いた。

「どうしたんです、徳永さん。血相変えて」

　勢いがよすぎたからだろう、小池が驚いたように目を見開き徳永を、続いて瞬を見る。

「覚えているか？　三年前、新宿の会計事務所での毒殺事件。四係が担当だったが、物証が出た際、犯人に逃走の危険ありということでちょうど近くにいた俺たちで容疑者の女性を――椎崎瞳を逮捕したことを」

「え?」

小池はますます驚いた顔になったが、すぐに、

「覚えていますよ」

と顔を歪めた。

「情報がマスコミに漏(も)れていて、容疑者の女性の自宅前で写真週刊誌に逮捕の瞬間を撮られたんですよね。親から、お前は人相が悪すぎると散々文句言われましたから。徳永さんはイケメン刑事ってことで一瞬話題になりましたよね……って……え……?」

喋(しゃべ)りながら小池は徳永来訪の意図にようやく気づいたらしく、戸惑った顔になる。

「容疑者……おそらく犯人だと思われるが、椎崎瞳と瓜二つ(うりふた)つの女性が昨日と今日、俺の周囲に姿を現したというんだ」

「それは……」

小池がますます戸惑った顔になる。が、次の瞬間彼は、

「あっ!」

と何か思い出した声を上げたかと思うと、徳永に向かって身を乗り出し、焦燥(しょうそう)を感じさせるような口調で話し出した。

「思い出しました！　四係の同期に聞いたんです。犯人の女性には一歳年上の姉がいたはずです。両親が離婚し、母親が瞳の親権を、父親が姉の親権を持ったので姓は違っていた上に、当時父親と姉は海外在住だったのでマスコミの餌食にならずにすんでいました。その分、当時入院中だった母親に世間の注目が集まってしまい、心労がたたってか母親も娘が自殺して間もなく亡くなったと」

小池はここまで一気に喋ると、やりきれない顔になり溜め息を漏らした。

「痛ましい結果になりました……が、徳永さんの周辺に現れたというのはその姉である可能性はありますね。俺も顔は知らないんですが」

「調べる価値はありそうだな」

徳永は頷くと視線を瞬へと移す。

「今後、もしその女性の姿を見かけたらすぐに教えてくれ。いいな？」

「わ……かりました」

瞬が頷くのを待たずに徳永は視線を小池に戻す。

「姉の話を聞きに行きたい。四係の誰が適任だと思う？」

「同期の杉本から父親と姉がアメリカにいると聞いた記憶があります。姉については彼が詳しいかと」

「わかった」

「俺からも連絡を入れておきます。何せ三年も前のことなので思い出すのに時間がかかるかもしれませんし」

「そうだな。頼む」

頷いた徳永が言葉を足す。

「入院中申し訳ないが」

「俺こそ入院なんてしている場合じゃないのに申し訳ないです」

小池もまた即座に詫び返してきたあとに、訝しげな顔になる。

「しかし俺を殴ったのは男じゃないかと思うんですよね……」

「妹に外見が似ているのであれば、華奢な若い女性ということだよな？」

徳永に確認を取られ、瞬は「はい」と頷いた。

「鉄パイプを振りかざすようには見えませんでした。あくまでも見た目の印象ですけど」

「まずはその姉の行方を捜すことが先決だな。まだ海外にいるのであれば『他人のそら似』となる」

「そうですね」

頷いた瞬だったが、やはり違和感はある、と徳永を見た。

「なんだ？」

「その姉が三年経った今、徳永さんや小池さんを殺そうとする理由はなんでしょう。三年間、彼女はなぜ動かなかったのか。徳永さんと小池さんを狙う理由もわかりません。当時の写真週刊誌に、妹を逮捕するお二人の写真が載ったからでしょうか？」

「憎しみをぶつける対象は警察全体なのかもしれないが、刑事を全員殺すわけにはいかないからな。顔がわかる我々を狙ったのではないかと思うが……」

徳永が答えてくれる横から、小池もまた首を傾げつつ自身の考えを口にする。

「姉は当時海外にいましたが、四係は存在を知っていた。何かしらのコンタクトは取ったのではないかと思うんですが、だとすると四係ではなく我々を狙った理由がわからないというか……」

「四係がコンタクトを取ったかどうかを確認しよう。小池、頼めるか？」

「すぐ同期に連絡します」

食い気味で答えた小池に徳永は、

「無理はするなよ」

と告げたあとに視線を瞬へと向けてきた。

「我々は明日から当時の事件について調べることにしよう」

「それはつまり……」

姉が警察を恨んでいる理由を考えた場合、最初に思いつくのは『冤罪』だった。事実はともかく、と徳永を見返した瞬に、徳永が頷く。

「四係の捜査に疑問があるわけではない。恨まれる可能性の有無を確認する。俺の記憶でも犯人は椎崎瞳以外にいないと認識している」

「わかりました」

返事をしながら瞬は、徳永の心理を慮った。

小池を殴ったのが、『姉』である可能性は高くない。それでも確認を取ろうとするのはもしや、徳永の『刑事の勘』が働いているのではあるまいか。

あの女性が——瞬の脳裏に、連日見かけた『姉』と思しき女性の姿が蘇る。

何か気にはなった。が、彼女から殺意のようなものは感じなかったように思う。首を傾げた瞬だったが、徳永の視線を感じ、はっと我に返った。

「このあと、時間はあるか？」

「勿論、あります」

頷いた瞬は徳永が向かおうとしている先を予測していた。

「それじゃあ小池、くれぐれも無理はするなよ」

病室を辞す前、徳永は小池への気遣いを忘れず彼に伝えていた。

「早く自分で犯人を探したいですよ」

悔しげな顔になる彼を徳永は、

「まずは万全の体調となることだ」

と重ねて諭すと、瞬を伴い病室を出た。

「新宿ですよね」

病院の駐車場へと向かう途中、瞬は徳永にこれから向かう先について確認を取った。

「ああ。覆面は警視庁に戻してから行くことにしよう」

酒が提供される場だからだろう、徳永はそう言うと瞬に向かい、再度確認を取ってきた。

「途中、『彼女』を見かけたら必ず知らせてくれ。できれば本人には気づかれないように」

「わかりました」

頷いた瞬に徳永が「合図を決めよう」と声をかける。

「合図……」

「言葉がいい。わざとらしくない会話になるような」

「わざとらしくない…………」

何が『わざとらしくない』のか、咄嗟には思いつかず首を傾げた瞬に、

「そうだな」

と徳永は少し考える素振りとなったが、間もなく、

「呼びかけを変えよう。『係長』と呼ぶ。これでどうだ?」

「係長……」

忘れないようにしなくては。緊張してきたことが伝わったのか、徳永が揶揄(やゆ)めいた口調で注意を促す。

「くれぐれもわざとらしくならないようにしろよ。声を張る必要もないぞ」

「ぜ……善処します」

「最悪、小声で伝えてくれればいい。相手に気づかれなければそれでいいからな」

「はい……」

自分がどれだけ信用されていないのかを思い知り、瞬は落ち込みそうになった。が、落ち込んでいる場合ではないとすぐさま気持ちを切り換え、

「わかりました」

と元気よく返事をする。

「…………」

徳永はそんな瞬を見て、それでいい、というように微笑(ほほえ)み頷くと、歩調を速める。遅れ

まいと早足になりながら瞬は、『彼女』以外にもこれまで見かけた人間がいないか、決して見逃すまいという決意を新たにしていたのだった。

徳永が瞬を連れていったのは、瞬の予測どおり新宿二丁目のゲイバー『Three Friends』だった。

「あら、徳永さん。ごめんなさい、今のところ情報は集まってないのよ」

時間が早いからか、今日も店内に客の姿はなく、カウンター内で所在なさげにしていた店主のミトモが申し訳なさそうに声をかけてくる。

「いえ、今日は別件なんです」

「別件？」

目を見開いたミトモの前、高いスツールに腰を下ろすと徳永は、三年前の会計事務所毒殺事件について説明を始めた。

「覚えているわ。確かヒサモの署が管轄だったはずよ」

話の途中でミトモはそう言うと、

「ちょっと待って。呼び出しましょう」

とスマートフォンをカウンター下から取り出した。

「あ、ヒサモ？　すぐ来てちょうだい。用件？　そんなの、来てから話すわよ」

「ヒサモというのは高円寺さんのことだ」

誰に電話をしているのだろうと瞬が訝っていたのがわかったのか、徳永がこそりと囁き、瞬も馴染みの刑事のファーストネームだということを思い出させてくれる。

「あ……なるほど」

新宿西署の管轄だったのか、と瞬が察したそのとき、

「まったく、無茶言うなよな」

と不満げな声を上げつつ、カウベルの音を響かせながら高円寺が店内に現れた。

「早いじゃないの。なんだ、ウチに来るところだったの？」

ミトモがそう告げるのに高円寺は、

「まあな」

と頷くと徳永と瞬に笑顔を向けてきた。

「ミトモの無茶ぶりから、もしやあんたらじゃねえかと思っていたがドンピシャだったぜ」

「忙しいところ悪いな」

徳永の謝罪に答えたのは高円寺本人ではなくミトモだった。

「忙しくなんてないから安心してちょうだい」

「おい、ミトモ。いつからお前は俺の予定を把握するようになったんだ？」

むっとしてみせた高円寺にミトモが、

「ロックでいいわね？」

とカウンター後ろの棚から高円寺のボトルを手に取り問いかける。

「徳永さんもロック？　坊やは？」

「相変わらず俺のボトルかよ」

高円寺は嫌そうな顔になったが、徳永が、

「ボトル入れますよ」

とミトモに言うと、「気にすんな」と笑ってみせた。

「次のボトルはりゅーもんが入れることになってっから」

と、彼が名前を出したそのとき、カランカランとカウベルの音が響き、藤原龍門が店に入ってくる。

「なんか悪寒がしたんですが」

「オカンもオトンも関係ねえよ。さあ、りゅーもん、飲もうぜ」

藤原を隣のスツールに招くと高円寺は、

「で？」

と視線をミトモと徳永、交互に向けてきた。

「この間の話か？」

「いや、別件だ。所轄内で起こった三年前の会計事務所の毒殺事件について話を聞きたい。椎崎瞳の事件だ」

「……あれはお前、かかわってなかったよな？」

高円寺が眉を顰めて問い返してくるのに徳永は、

「逃亡の恐れありということで偶然近くにいた俺と小池で逮捕しただけだ」

と答えたあとに、なぜ事件のことを持ち出したのか、説明を始めた。

「椎崎瞳そっくりの女性が昨日と今日、俺の周辺に現れたと聞いたんだ」

「誰に？　って、ああ、瞬にか」

問うてすぐ、答えを見つけた高円寺が、うーんと唸る。

「他人のそら似じゃねえの？　椎崎瞳は亡くなっているって知ってるよな？」

「ああ。知っている。しかし彼女には姉がいただろう？　当時はアメリカに住んでいたという」

「いましたね。両親が離婚してそれぞれに引き取られていたから名字は違いましたが、一つ年上の姉がいました」

　高円寺の横から藤原がすらすらと答える。

「詳しいな、りゅーもん」

「あの事件はちょっと気になったもので、当時深掘りしようとしたんですよ」

　藤原が答えるのに高円寺は、

「俺はあのとき別の事件を追ってて、そう詳しくはねえんだよな」

　と頭を掻きつつそう言うと、

「で、何が気になったって？」

　と藤原に問いかけた。

「椎崎瞳の動機です。見た目だけじゃなく周囲の評判を聞いても、彼女が勤務先の人間を皆殺しにするような女性とは思えなかった。本当に彼女が犯人なのか、何者かにはめられたんじゃないかと」

「ああ、動機については結局、聞き出すことはできなかったんだよな、警察も検事も」

　うーん、と唸った高円寺にミトモが問いかける。

「そもそもその瞳って子が犯人なのは間違いないわけ？」

「冤罪じゃねえと思うぜ」

むっとする様子もなく高円寺はさらりと流すと、徳永が知りたがっていた当時の事件について話し始めた。

「小さな会計事務所で、所長は青木、歳は五十二だったか。他に税理士が二名、助手が一名、そして逮捕された瞳は事務員として働いていた。開所一周年のお祝い会を事務所で開くことになり、お祝いに樽酒を贈ったクライアントの会社の社員もそれにゲストとして招かれて参加していたんだが、その酒に青酸カリが混入されており、飲んだ人間全員が死んだ。瞳は当時、ゲストに渡す手土産を購入し忘れていたということで、会合が始まる前に百貨店に洋菓子を購入しに向かっていたため、鏡開きの場にいなかったことから、酒を飲むこともなく無事だった」

「動機は不明でありながら彼女が逮捕されたのはなぜですか？」

徳永の問いに高円寺が即答する。

「青酸カリの購入履歴が判明したからだった。それに関しては本人も認めた。利用については黙秘していたが」

「事務所内での人間関係も良好だったんですよ。彼女、美人だったし気の回るいい子だと評判もよかった」

　横から藤原が言葉を足す。

「因みに、事務所内では男女間のドロドロ……といったこともなかったようです。誰に聞いてもアットホームないい事務所だと言われました。まあ、外から見ただけではわからないともいえますけど、それこそサイコパスでもない限り、瞳が毒を入れた理由は不明としかいいようがないと」

「サイコパス……にも見えなかったんだよなあ」

　高円寺が首を傾げる。

「いや、俺も直接取り調べたわけじゃねえが、担当した刑事が皆して彼女を犯人と特定するのに半信半疑ではあったんだよな。行動はモロ、犯人なんだよ。うっかりミスなど滅多にしない彼女がその日に限って手土産の購入を忘れるのも不自然だし、何より青酸カリを購入したのが決め手だろう。外出したのは酒の中に青酸カリが入っていると知っていたからだという見立ては正しいが、彼女のキャラがそぐわない。樽酒は前日に届いており、毒を混入するのが最も容易だったのは瞳だった。彼女が樽酒を受け取ったし、会場にセッティングもした。青酸カリを樽酒に混入するのに使用した注射器も彼女のデスクから見つかっている上、購入履歴も辿れていた……しかし、動機がないんだ。どこをどう掘り下げてもよ」

高円寺は一気にそう言うと、前に置かれたグラスを呷った。

「拘置所での自殺も唐突だったしな」

「世評を気にした警察が、彼女の自殺を機にマスコミに規制をかけたんでしたよね。一時は写真週刊誌がこぞってネタにしていましたが、それもぴたりとなくなった」

「あれは違和感があったなあ」

高円寺もまた難しい顔となったが、すぐに、

「ともあれ」

と話題を変えた。

「警察は瞳の姉とは直接、接触していないはずだが、龍門、お前はどうだ？」

「コンタクトを取ろうとしましたが、失敗しました。ＳＮＳを見つけたんですが、メッセージを送ったら即、アカウントを削除されました」

悔しげな顔になった藤原がぽつりと言葉を足す。

「姉だけじゃない。瞳には同い年の恋人がいたんですが、ソッチも海外にいたので深掘りできずに終わったんです。その間に瞳が亡くなり、被疑者死亡でカタがついてしまった。気にはなっていたんですが、当時、金がなくて……。既に記事を買ってくれる媒体もなく

なっていたし、自腹で渡米するのはキツかったんですよね」

残念そうな顔になった藤原に、徳永が身を乗り出すようにして問いかける。

「恋人がいたんですか？　素性、わかります？」

「確か商社マンだったと記憶してます。当時、ロンドンに駐在していたはずです」

「名前、わかりますか？」

「わかると思います。当時の取材メモを見れば」

そう言ったかと思うと藤原はやにわにスツールを下り、ポケットから財布を取り出し、一万円札をカウンターに置いた。

「すぐ調べます。わかったら連絡を入れますので」

「そんなに急がなくても……」

徳永もさすがに驚いたらしく、慌てた様子で藤原を引き留めようとする。が、藤原はそんな彼に対し、

「徳永さんが気にされるということはつまり、恋人が恨みを晴らそうとしている可能性ありと考えたからですよね？　なら急がないと」

一気にそう告げたかと思うと、

「それじゃあ、また」

と爽やかな挨拶を残し、勢いよく店を出ていった。

「りゅーもんちゃんのジャーナリスト魂に火が点いちゃったみたいね」

唖然として彼の出ていったドアを見つめていた瞬の耳に、苦笑するミトモの声が響く。

「にしてもよ」

と、高円寺が腕を組み、首を傾げつつこう告げる。

「当時はロンドンに駐在していたから三年後の今、恋人を逮捕した刑事に復讐しているというのはなんだか、妙な感じだよなあ」

「妙……」

瞬もまた違和感を覚えていた。と、隣で徳永が瞬の感じるもやもやを即座に紐解く言葉を告げる。

「そうも恨んでいたのならなぜ三年も待ったんだ？　三年も恨みを温める理由がわからない」

「駐在していたから……でしょうか」

「刑事に復讐しようなんて考える奴なら、会社なんて辞めちまうんじゃねえのか？」

高円寺に横から突っ込まれ、それが違和感の理由だ、と瞬は納得することができた。

「徳永や小池を狙ったのが姉だったとしても、三年間は謎だよな」

うーん、と高円寺もまた唸り、首を傾げる。

「麻生」

と、徳永が瞬に声をかけてきた。

「はいっ」

「明日も彼女が姿を現したら、話を聞こう」

「えっ」

それは、と確かめようとするより前に、ミトモが心配そうに問うてくる。

「徳永さんからしかけようってこと？　危なくない？　相手は丸腰とは限らないんじゃないの？」

「こちらは二人いますから」

大丈夫です、と微笑む徳永に、高円寺がやはり心配そうに口を挟んでくる。

「向こうだって一人とは限らないんじゃねえか？　仲間を連れているかもしれねえんだし」

「いや、そこは『限る』んだ」

徳永が高円寺に答えたあと、瞬にむかい、ニッと笑いかけてくる。

「麻生が連日見かけたのは、若い女性一人だったからな」

「なるほど。仲間が同行していたならその仲間の顔も覚えているはず……ってことね」

ミトモが感心した声を上げ、高円寺も、

「すげえ信頼感だな」

と目を見開く。

「『忘れない男』だからな」

そんな二人に徳永が、さも当たり前のように言ってのける。徳永に全幅の信頼を寄せられていることを誇らしく思いながら瞬は、彼の信頼に応えるべく、明日は必ずかの女性を見逃すまいと密かに拳を握り締めたのだった。

6

翌日、瞬と徳永は敢えて小池が襲われた場所近辺の聞き込みという体で例の女性が姿を現すのを待ち受けていた。

姿を見かけたら『係長』といういつにない呼びかけをする。それを忘れないようにしなくては、と緊張を高めていた瞬に、徳永がボソ、と言葉を発する。

「顔が強張っている。普通に怪しいぞ」

「す、すみません」

慌てて詫びたあと、声が少し高かったかと首を竦める。

「だからわざとらしいんだ」

じろ、と瞬を睨んで寄越した徳永の視線が周囲を見渡す。

「いないな」

「はい。今のところは姿を見ていません」

頷きつつ瞬もまたこっそり周囲を見渡した。

「他はどうだ？　二十代後半の男は」

「同じ顔はいません」

今のところは、と、更に注意を配りつつ、瞬は、徳永の後を歩き続けた。

聞き込みをするのは専ら徳永で、瞬は彼の傍に立ち、周囲をただ窺っていた。徳永の聞き込みは不発に終わっていたが、四人目に聞いた近所のラーメン店の店員の話は、徳永にも、そして瞬にとっても気になるものだった。

「昨日まで沖縄行ってたもんで、事件のこと初めて知ったんですよ。あの夜、変な男がいたんですよね」

「変な男というのは？」

徳永の声に緊張が滲む。

「俺、だいたい一時間おきに煙草休憩を路地でとるんですけど、あの日は夜ええと……七時頃と、あと十一時頃だったたか、同じ男を見たんですよね。顔はマスクしてたんでよく見えなかったから、偶然同じような格好をした男を見かけただけかもしれないんですけど」

「どんな服装だったんです？」

問いかけた徳永の前で、店員は思い出す素振りをしつつ話し出す。

「黒のパーカーの、フードを被（かぶ）ってマスクしてました。下はジーンズだったか……それも黒で、全身黒、しかもマスクって怪しいなと、ついジロジロ見ていたら姿を消したんです。二回とも」

「年格好は？　身長とか体型とか。顔はマスクで隠れてたんですよね？」

「身長は高かったです。百八十はありそうでした。細身でひょろっとした感じでした。マスクと、あと、黒縁（くろぶち）の眼鏡（めがね）をかけてましたが、伊達（だて）眼鏡っぽかったですね。俺、ここに勤めて二年になるけど、あの路地であんな気味の悪い男、初めて見ましたよ。あ、あと」

　ここで店員は何か思いついた顔になり、そうだそうだ、というように頷きながら言葉を続けた。

「そそくさと立ち去っていったんだけど、ちょっと左足を引き摺（ず）ってる感じでした」

「ありがとうございます。またその男を見かけたらお知らせいただけますか？」

　徳永が笑顔で名刺を差し出す。

「わかりました。店長にも聞いてみます」

　元気よくそう答える店員を見送ると徳永は、

「どう思う？」

　と瞬に問うてきた。

「小池さんを殴った犯人である可能性は高いと感じました」

「その後この辺りで不審な事件があったとも聞かないしな」

徳永も頷いてみせたあとに、ポツ、と呟いた。

「男か……」

「俺が見かけた女性は身長百八十もありませんでしたしね」

男装という可能性はないと思う、と頷いた瞬の視界の隅に、今頭に思い描いていたその女性の姿が過った。

「と……っ……係長……っ」

咄嗟に大声を上げそうになったが、すぐに『合図』を思い出し徳永に呼びかける。

「……どこだ」

徳永は一瞬息を呑みかけたが、平静さを保っている顔のまま抑えた声音で問いかけてきた。

「数メートル後ろです」

「服装は？」

「ベージュのトレンチコート……昨日と一緒です」

瞬もまた抑えた声で答えると、「どうします？」と横目で隣を歩く徳永を見やった。

「その路地を入れ。彼女が俺のあとをつけてきたらお前が声をかける。いいな？」

「わかりました」

瞬が頷くと徳永は、

「それじゃあ一時間後に駅で」

と少し声のトーンを上げ、瞬に頷いてみせた。

「わかりました」

徳永の演技は自然で、本当の指示かと混乱する。頷いた自分の演技はぎこちなくなかっただろうかと案じながら瞬は路地を曲がるとすぐに物陰に身を隠し、通りを歩く人々を目を皿のようにして見つめる。

「……っ」

いた。

あの女性に間違いない。徳永が進んだ先を目指し、足早に歩いていく女性の姿を認めたと同時に瞬は駆け出していた。

「あの、すみません」

決して逃さぬようにと、女性の前に回り既にポケットから取り出していた警察手帳を目の前で開く。

「……っ」

女性はぎょっとした顔になったが、すぐに踵を返そうとした。

「少しお話を伺いたいだけです」

慌てて瞬は彼女の腕を摑むことで足を止めさせ、顔を覗き込む。

「あの……」

行き交う人がちらちらと瞬と女性に視線を向けてきたため、瞬は、まず、場所を移そうと俯く彼女に声をかけようとしたのだが、そのとき背後から、

「どうした」

と徳永が声をかけてきたため、安堵し彼を振り返った。

「昨日見かけた女性です」

「……っ」

瞬の横で彼女がびくっと身体を震わせたのが、摑んだ腕越しに伝わってきた。

「職務質問です。場所を移しましょう」

「…………はい」

俯いたまま女性が小さく頷く。抵抗する気配はなかったが、何があるかわからないと思い、瞬は彼女の腕を緩く摑んだまま、停めていた覆面パトカーへと向かった。

覆面パトカーの後部シートに女性を乗せ、徳永が続いて乗り込む。瞬は何かあったときのために運転席に座ると、背後を振り返り徳永と女性を見やった。

「お名前を伺えますか？」

「……千葉……ひかりです」

「千葉さん」

徳永が一瞬、違和感を覚えた顔になる。『椎崎』ではないのかと瞬も思ったのだが、そういえば瞳の両親は離婚をし、姉妹はそれぞれ父母に引き取られて姓も違うと聞いたことを思い出した。

徳永もとうに思い出していたようで、核心を衝いた問いを発する。

「もしや千葉さんは、椎崎瞳さんのお身内……お姉さんではないですか？」

瞳の名を徳永が出した瞬間、女性の――千葉ひかりの身体が大きく震え、はっとしたように上げた顔からは、みるみるうちに血の気が引いていった。

「大丈夫ですか」

徳永が案じるほど、真っ白な顔になった彼女は今にも貧血を起こしそうである。

「水とか、買ってきましょうか」

倒れそうだ、と瞬は彼女と徳永を代わる代わるに見ながら問いかけたのだが、それを聞

いてひかりはきっぱりと、

「大丈夫です」

と首を横に振ったかと思うと、はあ、と息を吐き出した。

「……大丈夫ですか」

徳永がそんな彼女に問いかける。

「はい」

ひかりは頷くと、真っ直ぐに徳永を見つめ問いかけてきた。

「なぜ私が瞳の姉とわかったのですか？」

思い詰めた表情。瞳の姉と早々に彼女が認めたことに驚いていたのは瞬だけのようで、徳永は淡々と理由を答えている。

「顔がよく似ているので、もしやと思いまして」

「……瞳を逮捕したのはあなたで間違いないですか？」

ひかりの顔はますます白く、声は掠（かす）れてしまっている。今にも倒れるのではないかと案じながらも瞬は、徳永はどう答えるのか、それも気になり視線を彼へと向けた。

「手錠（てじょう）をかけたのは私です」

頷いた徳永にひかりが問いを重ねる。

「写真週刊誌に写真が載りましたね？」

「はい」

「あなたがハンサムだったから、あの刑事は誰だと話題になった。匿名掲示板等であなたと、一緒に写っていた刑事さんの所属と名前が特定されていました。捜査一課、三係のあなたは徳永警部補、もう一人が小池巡査……で間違いないですか？」

「はい。小池は巡査部長になりましたが」

　頷いた徳永を、ひかりはじっと見つめていたが、やがて、がっくりとくずおれるようにして頭を下げた。

「……ごめんなさい……」

「どうしました？　何を謝るんです？」

　そのまま倒れてしまいそうな様子の彼女の両肩を摑むことで身体を支えてやりながら、徳永が顔を覗き込む。

「……小池という刑事さんが大怪我をしたのは……妹のせいです」

　ひかりが震える声でそう告げ、徳永を見上げる。縋るような瞳から涙が溢れるさまを瞬は呆然と見つめることしかできずにいた。

「どういうことです？」

ている。徳永も動揺しているだろうに、態度にはまるで出さず、静かな口調でひかりに問いかけ

「……わたしは……私は、どうにかして止めたくて……でも、どうしたらいいのかがわからなくて……っ」

嗚咽に言葉が紛れてしまっている。彼女は一体何を言おうとしているのか、戸惑うばかりの瞬に徳永の視線が向き、彼が口を開いた。

「とにかく、戻ろう。運転を頼めるか?」

「はい」

返事をし、すぐに前を向く。エンジンをかけながら瞬は、なぜ瞳の姉が泣いているのか、その理由を少しも思いつかない自分に苛立ちを覚えていた。

警視庁に到着すると、徳永はひかりを捜査本部のあるフロアではなく、地下二階の特能係へと連れていった。

「コーヒー、飲みますか? 水のほうがいいですか?」

車での移動中にひかりは落ち着きを取り戻したのか、今はもう泣いてはいなかったが、顔色は相変わらず悪い。問いかけた徳永に、

「大丈夫です」

と力なく答えた彼女を一瞥(いちべつ)すると、徳永は、

「コーヒー、頼めるか」

と瞬に声をかけ、ひかりを自分のデスクの椅子(いす)へと座らせた。

「はい」

できることなら自分が戻るまで、話を聞くのを待ってほしいとは思ったが頼めるはずもなく、瞬は急いでバックヤードに向かうとコーヒーメーカーを操作し始めた。

徳永のあとをつけていたのはやはり、三年前の会計事務所毒殺事件で犯人として逮捕された椎崎瞳の姉だった。彼女はなんのために徳永をつけていたのか。危害を加えるためではなさそうだった。あの言葉が嘘でなければ、と彼女が泣きながら訴えかけていた姿を思い出す。

『……わたしは……私は、どうにかして止めたくて……でも、どうしたらいいのかがわからなくて……っ』

『止めたい』のは誰を？　小池を殴ったと思われるのは、痩(や)せた長身の男だ。彼は何者なのか。海外にいたという瞳の恋人か？　それ以外に該当(がいとう)する人間はいるのだろうか。

考えている間にコーヒーが仕上がり、瞬は急いで三人分、カップに注ぐと盆に載せ、徳永とひかりのもとに戻った。

「どうぞ」

「……すみません」

徳永の席に座るひかりが弱々しく礼を言う。並んでいる自分のデスクに座る徳永の前にもコーヒーを置くと瞬は、自分のコーヒーと盆もデスクに置いたあと、近くにあったパイプ椅子を取りにいき、それに腰を下ろした。

パイプ椅子は、この部屋に入り浸る小池が、座る場所がないと自身で持ち込んだものだった。瞬が座ったあとも室内はしんとしている。

どうやら自分が戻るまで、会話はなされていなかったらしい、と瞬が察したとほぼ同時に徳永が口を開いた。

「お話しいただけますか？　あなたがご存じのことをすべて」

「……はい」

ひかりは頷いたが、言葉を探しているのかなかなか口を開こうとしない。徳永はそんな彼女をリラックスさせようとしたのか、瞬の淹れたコーヒーを手に取り、一口飲んだ。瞬もまたコーヒーを飲み、少し薄かったかも、と反省する。二人の動作につられたのか、ひかりも手を伸ばし、コーヒーカップを取り上げると、口をつけた。

それで落ち着くことができたのか、ようやく彼女が喋り始める。

「……徳永さん……とお呼びしてもいいでしょうか」

「どうぞ」

徳永が真顔で頷き、相手の名前を呼びかける。

「千葉さん。千葉ひかりさんでしたね。妹さんは椎崎瞳さん」

「はい。両親の離婚で、私は父が駐在していたため当時はアメリカにいました。帰国したのは去年です。事件は既に過去のこととなり、誰からも何も聞かれることはありませんでした。母ももう亡くなっていましたし、親戚ともすっかり疎遠になっていたので、帰国の連絡もしなかったということもありますが……」

ひかりはそう言うと、ふと我に返った顔になり、

「すみません、話が下手で……」

と申し訳なさそうな顔になった。

「下手ではないですよ」

徳永が唇を引き結ぶようにして微笑み、先を促す。

「……実は私、妹が逮捕される前に、妹から連絡をもらったんです」

『えっ』

もう少しで大きな声を上げそうになった瞬だったが、すんでのところで堪えることがで

きた。

徳永にはお見通しだったようで、じろ、と瞬を一瞥したあと、ひかりに、

「連絡というのは？」

と問いかける。

「……妹は……」

言いかけ、ひかりが躊躇するのを前に瞬は、彼女の口から出る言葉は、『妹は犯人ではない』といったことではないかと予測した。

冤罪で逮捕された。自殺は無実を主張するためだった——恨み言を口にするつもりではないかという瞬の予測は次の瞬間、綺麗に外れた。

「あれは自分がやったのだと……鏡開き用の樽酒に青酸カリを入れたのは自分だと、妹は私にだけ打ち明けてきたのです」

「……っ」

またも瞬は、『ええっ』と大声を上げそうになったが、なんとか堪えることができた。それでも息を呑んでしまったのが聞こえたのか、ひかりの肩が、びく、と震える。

「妹さんは警察で自白はしなかったと聞いていています」

「はい。私以外には打ち明けていないはずです。妹は自分が人を殺したということを決し

て世間には知られたくないと泣いていましたから……」

「世間に、ですか？」

徳永がなぜ、そこを確認するのか、瞬は今一つわからなかったのだが、ひかりには刺さったようで、また、びく、と大きく身体を震わせたあとに、口を閉ざした。暫し、沈黙が流れる。

「………」

徳永はそれ以上、ひかりに問うことなく、彼女が再び話し始めるのを待っている様子だった。瞬も彼に倣い、黙っていることにする。

どのくらいの時が流れたか。いよいよひかりが沈黙を破るときがやってきた。

「……世間ではなく、母親と……そして……」

ここでまた彼女は一瞬、黙り込んだが、すぐに踏ん切りをつけたようで、小さく頷き、もう一人の名を口にする。

「……恋人の秋本さんにだけは、知られたくなかったんです。瞳は」

「秋本さん――当時、ロンドンに駐在していたという人ですね。瞳さんとは同い年の」

徳永が敢えて作っていると思しき、淡々とした口調で問いかける。

「はい。妹とは結婚の約束をしていました」

「あなたは彼が、小池や私を襲ったと考えているのですね？」

「……っ」

徳永の問いかけに息を呑んだのは、本人ではなく瞬だった。ひかりはといえば、思い詰めた瞳を徳永へと向け、必死の形相（ぎょうそう）で訴えかけている。

「お願いです。秋本さんを止めてください。妹のためにも、どうか……どうか彼を止めてください……っ」

一体何が起こっているのか、瞬にはまるでわかっていなかった。呆然（ぼうぜん）とするしかなかった彼の前で、徳永が静かな口調で問いかける。

「千葉さん、秋本という人は今どこにいるんです？　あなたは彼の居場所をご存じではないのですか？」

「……知らないのです。それだけに心配なんです。秋本さんにはこれ以上、罪を重ねてほしくない。次に彼が狙うのはあなただとわかっていたので、それであとをつけていたんです」

「なぜ、彼は今になって私や小池を狙うのでしょう？　その理由はご存じですか？」

徳永の問いにひかりは「はい」と頷き、瞬が予想もしていなかった答えを告げた。

「三年前――瞳が自殺をしたときに、秋本さんはロンドンにいました。報道で瞳の死を知り、急いで帰国したのですが、空港からタクシーで警察へと向かう際に交通事故に巻き込まれ、瀕死の重傷を負ったのです」

「……っ」

そんなことがあったとは。驚きから息を呑んだのはまたも瞬のみで、徳永は相変わらず、

「それで？」

と冷静な顔で話の続きを促す。

「……命があるのが奇跡と言われるような状態だったそうです。全身骨折で一生、寝たきりになるだろうと医師には言われていたのを、三年間のリハビリを経て、ようやく普段の生活をするのに不自由のない状態になったと聞いています」

「誰から？」

徳永の問いにひかりは一瞬の躊躇いをみせたあと、諦めた顔となり答えを告げた。

「調査会社です。彼の動行を定期的に調べていました」

「なぜです？」

「……心配だったのです。妹が愛した人ですから」

ひかりはそう言うと、はあ、と抑えた溜め息を吐き、徳永を真っ直ぐに見据えた。

「……徳永さんは、三年前の瞳の事件の捜査をされていたんですよね？」

「いえ。私は、そして小池も担当ではありませんでした。妹さんに逮捕状が出たとき、逃亡のおそれありということで、偶然近くにいた私と小池が手錠をかけることになりましたが、捜査自体には加わっていません」

「それは……」

　途端にひかりが戸惑った顔になったかと思うと、深く徳永に頭を下げる。

「本当に申し訳ありません。おそらくそのことを秋本さんは知りません。だからこそ、小池さんを狙ったのではないかと思います」

「秋本さんは瞳さんの自殺を、自身の無実を訴えるためと思い込んでいる。だからこそ、リハビリに励み、三年を経て自由に身体を動かせるようになった今、瞳さんを冤罪に追い込んだ警察に復讐を企てていると……そういうことですね？」

　徳永が確認を取り、ひかりが「そうです」と頷く。

「しかし、瞳さんは冤罪ではなかった」

「はい。瞳が青酸カリを入れたことは間違いありません。本人の希望で、告白を録音してあります」

「どうしてそんな……」

　ついに瞬は我慢できず、ひかりに問いかけてしまっていた。

「……あの子も……被害者なのです……」

ひかりがやるせないとしか表現し得ない顔になり首を横に振る。

「だからといって、瞳がやったことが正しいとは思っていません。あのとき瞳の傍にいることができなかったことを悔やむのみです……」

そう告げたひかりの瞳から、一筋の涙が零れる。

当時の事件のことを瞬はまったく知らない。瞳に関しても何の知識もない。しかし彼女の犯行とするには違和感を覚えたと徳永も、そして高円寺や藤原もそう言っていた。理由は『動機』が見えなかったから。

いかなる動機が彼女を犯行へと駆り立てたというのだろうか。それを説明しようと口を開いたひかりに向かい、無意識のうちに身を乗り出していた瞬ではあったが、すぐにいたましすぎるその内容に徳永ともども胸を痛めることとなったのだった。

7

斉藤捜査一課長への報告は事後とする。

ひかりを帰したあとに徳永が下した決断に瞬は納得したものの、それでも躊躇してしまったのは、徳永が自ら囮となると告げたからだった。

「危険です」

「危険は回避する。防刃ベストも着用するしな。問題ない」

「ありますよ。爆弾送られているんですよ？　防刃ベストで爆発物は防げませんよね？」

「隙を見せれば攻撃は俺一人に向くだろう。爆発物を用いる可能性は低いと思う」

「しかし……」

「大丈夫だ。お前もフォローしてくれるんだろう？」

徳永がニッと笑いかけてくる。

「勿論フォローします。しかし……」

「秋本利明(としあき)の顔写真もひかりさんから入手できた。秋本を見かけたら今日のように職質をかければいい。ああ、お前も防刃ベストは身につけておけ」

「わかりました。でも……」

「すべては明日だ。帰宅時も気を配れよ。防刃ベストを着て帰ろう」

「…………はい…………」

自分の身に危険が及ぶかもしれないということについては、瞬はあまり気にしていなかった。自分は『かもしれない』だが徳永は一〇〇パーセント危険となる。恨みを抱かれている相手に対し、いくら防刃ベストを身につけていようとその身を晒(さら)すのは危険ではないのか。もしも相手が拳銃を持っていたらどうする。頭を撃たれたら防御しようがない。そう主張した瞬に対する徳永の答えは、

「拳銃はないだろう」

という、裏付けも何もないもので、瞬の心配は募(つの)るばかりとなった。

「帰るぞ」

しかし何を言おうと徳永は聞く耳を持ってくれず、瞬を伴(ともな)い警視庁を出ると地下鉄へと向かっていく。

「…………」

何を言おうが無視されてしまう空しさを覚えつつも瞬は、説得は続けたいと思いながら徳永のあとに続いた。と、徳永が足を止め、内ポケットからスマートフォンを取り出す。

「はい。徳永です」

応対に出た徳永の顔には笑みがあった。

「わかりました。すぐ伺います」

短く電話を切ると徳永が瞬を振り返る。

「秋本に関する情報が入手できたそうだ。新宿に行こう」

「わかりました！」

電話の相手は情報屋だったとわかり、自然と瞬の声が弾む。徳永の顔にも笑みがあり、二人頷き合うと地下鉄の入口目指し足を速めたのだった。

「おう、待ってたぜ」

店内には高円寺と藤原が既に揃っており、カウンターの中からミトモが、

「いらっしゃい」

と声をかけてくる。

「椎崎瞳の恋人、特定できたわよ」

「我々からも提供したい情報があるのです」

「あらそう？　まずは乾杯といきましょう」

ミトモはにっこり笑ってそう言うと、徳永と瞬の前にもグラスを置き、

「ロックでよかったかしら？」

と問うてきた。

「いや、今日は水にしておきます」

「まだ仕事なの？」

この時間よ、とミトモは酒を注ぎかけたが、

「実は」

と徳永が口を開くと動きを止め、彼を見やった。皆の注目が集まる中、徳永は瞳の姉、ひかりから聞いた話を簡潔に説明した。

「そうだったのか……」

改めて聞くと本当にいたましい、と唇を嚙んだ瞬の耳に高円寺の、やはりいたましげな声が響く。

「……というわけで、瞳の恋人だった秋本は、俺を狙っているのです」

「それで水なのね」

ミトモが眉を顰め問うてくる。

「尾行の気配は？」

「今のところは。今日、秋本の写真を麻生が見ましたが、まだ俺の周辺には現れていないと。そうだったな？」

徳永に話を振られ、瞬は、

「見かけていません」

と即答したあと、

「ただ、物陰から姿を窺っていたのなら気づかなかった可能性はあります」

と言葉を足した。

「いや、凄いな。断言できるっていうのは。さすが、『忘れない男』だね」

藤原が感心した声を上げたあと、手帳を取り出し話を始める。

「今の徳永さんの話とほぼ合致しています。瞳の恋人の名前は秋本利明。当時はＭ物産勤務でロンドンに駐在していました。父親は静岡でグループ企業を経営、地元出身の清水代議士と昵懇で、当時父親が清水代議士に働きかけてマスコミに瞳と秋本との関係が決して流れないよう規制したことがわかりました。息子が毒殺犯とかかわりがあることを徹底的に伏せたかったものと思われます」

藤原はここで一息つくと酒で口を湿らせ、再び話し始めた。

「三年前、瞳の名前は逮捕されるまで報道されませんでした。瞳の逮捕を知った秋本は即刻帰国し、瞳の拘留先に向かおうとしたのですが、乗っていたタクシーが交通事故に巻き込まれて物理的に動けない身体となった。その後会社は辞め、静岡の病院でリハビリに励み、先頃退院したところまでは追えました。退院後は行方をくらましており、家族から捜索願いも出されています」

「身体が動くようになったから復讐を始めたってか。凄い執念だな」

高円寺が溜め息をつき、藤原に尋ねる。

「病院での評判はどうだったんだ？　医者は何も気づかなかったのかよ？」

「治療に関する受け答えは普通にしていたそうですけど、それ以外は一切口を利いていなかったそうです。常に表情は暗く、何を考えているかわからない様子で、母親からメンタルケアの要請があったんですけど本人が拒否したとのことでした」

「そして今は行方不明……」

徳永が一人ごとのようにそう言ったのに、藤原が「はい」と頷く。

「身体のほうは、左足に少し麻痺が残り、やや引き摺っていたものの、健常者とほぼ同じというところまで持ち直しているそうです」

「鉄パイプで人を殴りつけることもできたということですね」

徳永の問いに藤原は「はい」と頷くと、

「秋本は高校時代剣道部で、三段の腕前です」

と言葉を足した。

左足を引き摺っていたという言葉に、瞬は小池が狙われた現場近くのラーメン店の店員から聞いた話を思い出していた。

「秋本の身長は百八十くらい、今も痩せ型ということで間違いないですか」

同じことを徳永も考えていたらしく、藤原に確認をとっている。

「はい。かなり痩せていたという話です」

「小池を襲ったと思われる人物像と重なります。秋本は現在都内に潜伏していると考えてよいのではないかと」

徳永の言葉に藤原が「そうですね」と頷く。

「秋本は大学から東京ですし、土地勘はあると思われます。金についても実家は裕福ですし、本人が勤めていたときの貯金も潤沢にあったようだと」

「ホテルか、それとも知人宅か……東京に知り合いは？　大学時代の友人や、元勤務先の同僚については既に親が調べていますよね」

「はい。それでも見つからないので捜索願いを出したとのことでした」

藤原が頷く横で、高円寺が唸る。

「金がありゃ、ホテルを転々とすりゃあいいしな。現金で払えば偽名も使い放題だし」

「金があれば、俺や小池の動向の調査もできますしね」

徳永の言葉に、

「最近はお金がなくても情報入手できるみたいよ」

とミトモが話に入ってきた。

「ネットの匿名掲示板に、最近、三年前の写真週刊誌の記事が貼られた形跡があるのよ。もう削除されてるみたいだけど。徳永さんと小池さんについての情報を集めていたわ。徳永さんについてはさほど情報が集まっていなかったけど、小池さんについてはあれこれあがっていたわね」

「行き付けの店もネットで知った可能性があるということか」

徳永が呟く横で藤原が「そうですね」と頷く。

「徳永さんはここ三年、事件の捜査に携わっていないので情報もなかったんでしょう。特能についてはほぼ知られていないので、掲示板にも上がらなかったんじゃないですかね」

「……そうか……」

徳永が何か思いついた顔になる。

「どうしたの?」

「徳永さん?」

ミトモと瞬が問いかけると徳永は、二人に対しニッと笑ってみせた。

「逆にその掲示板を利用するのはどうかと」

「利用って?」

「囮!」

問いかけたミトモの声と、心配のあまり高くなった瞬の声が重なって響く。

「囮?」

「なんだそりゃ」

藤原と高円寺が問い返してきたのに、瞬が答えるより前に徳永が説明を始めていた。

「秋本と話をしたいと思っている。それには俺が囮になるのが一番早かろうということで、麻生にも相談していたんだ」

「相手は爆弾送ってくるような男よ? 危険だわ」

ミトモが眉を顰め、藤原もまた「危ないと思います」と首を横に振る。

「大丈夫です。こうして防刃ベストも着ていますし」

徳永は笑顔でそう言うと、上着のボタンを外し防刃ベストを皆に見せた。

「麻生も着ています」

「……といってもねえ……」

渋るミトモに徳永は、

「お願いします」

その匿名掲示板に偽の情報を書き込んでほしいと頭を下げた。

「本当に気をつけてよ？」

ミトモは最後まで抵抗したが、徳永に頭を下げられ続け、ようやく折れた。

「で、なんて書く？」

「小池が襲われた場所に、犯人を捜して毎夜現れている、というのはどうでしょう。相手もあの辺は調べ尽くしているでしょうから、足を運ぶのに躊躇(ためら)いはないと思います」

「大丈夫か？　俺も応援に行くぜ」

高円寺の気遣いを徳永は「大丈夫だ」と笑顔で退け、「ありがとう」と礼を言った。

「無茶すんなよ？　銃は携帯しとけ。向こうが銃を持っていない保証はねえんだ。金がありゃ、銃なんていくらでも調達できるんだからよ」

それでも心配している様子の高円寺に、徳永は「わかった」と頷き、瞬を見た。

「麻生、射撃の成績は？」

「自信あります」

警察学校での成績も上位だったし、瞬は銃を撃つのも好きだった。任せてください、と胸を張った彼に徳永は、

「むやみに撃つなよ」

と苦笑してみせたあと、手を伸ばしてぽん、と瞬の頭を軽く叩いた。

「言わずもがな、だな」

「……はい」

またもいつにないスキンシップをとられ、瞬はどう答えていいのかと迷った結果、頷くに留めた。

「それではそろそろ帰ります。本当にありがとうございました」

徳永がスツールを下り、深々と高円寺と藤原、それにミトモに向かって頭を下げる。

「今日は持たせてください」

財布を取り出した彼に高円寺が、

「お前、水しか飲んでねえじゃねえか」

俺が持つから、と明るく声をかけ、「なあ」とミトモに同意を求める。

「それではミトモさんにお支払いを」

「全部終わってからでいいわ。成功報酬(ほうしゅう)ってことで、その分、上乗せしてちょうだい」

ミトモがにっこり笑ってそう言うのに、

「ぼったくられんなよ」

と高円寺が茶々を入れる。

「ありがとうございます」

徳永はそんな二人に笑みを向けると、瞬に「行こう」と声をかけ、店を出た。

「いるか？」

タクシーを求め、大通りに向かって歩きながら徳永が瞬に問いかける。

「いえ」

周囲に注意を配りながら瞬は、秋本の姿がないことを確かめ、首を横に振った。

「どこにいるんだろうな」

ぽつ、と徳永が呟く。

「………」

復讐心を三年もの間抱き続けていた彼が今、どこにいて何を思っているのか。秋本の行動が正しいものではないことはわかる。しかし彼の心中を思うとやりきれない。

溜め息を漏らしそうになりながらも瞬は、今この瞬間にも徳永の身に危険が迫っているかもしれないのだと己を奮い立たせ、感覚を研ぎ澄ませた状態で周囲を窺い続けたのだった。

翌日、一旦出勤し手続きを経て拳銃を携帯すると、徳永と瞬はミトモに『偽』の情報を書き込んでもらったとおり、神田の居酒屋へと向かった。

「聞き込みをするか」

新しい情報が得られるかもしれない、と、徳永は意欲的に行き交う人や開いている店の店員に秋本の写真を見せ、目撃情報を集めていった。

写真は昨日、ひかりから預かったものだった。妹の瞳と二人、幸せそうに微笑んでいる写真を、秋本のみトリミングして用意した。

今とは印象が変わっていると思われたが、身長と体型、それに左足を心持ち引き摺っているという特徴と共に写真を見せて回ったところ、小池の行き付けの店と、そしてその近隣の店舗に、客として来たことがあるとわかった。

特に『怪しい』ということはなく、ここ数ヶ月の間に何度か一人で来店し、三十分ほどで出ていったという。普通に感じたので、小池の件で刑事たちから事情聴取を受けた際には話すことがなかったと皆口々に言っていたが、そうも時間をかけて小池についてのリサーチを進めていたのかと思うと、瞬は薄ら寒く感じずにはいられなかった。

やがて夕刻となったため、徳永と瞬は日中、聞き込みをした小池行き付けの居酒屋で夕食をとることにした。

「どうだ？」

もしも秋本が偽の情報に気づけば、八丁堀に姿を現すのではと予測していたが、今のところ彼の姿を見かけてはいない。

「いいえ」

瞬が首を横に振ると徳永は「そうか」と答え、あとは無言で食事を続けた。

「もう少し粘るか」

店を出ると、徳永は瞬にそう言い歩き始めた。

「どちらに？」

向かっているのかとあとを追いながら問いかけた瞬だったが、すぐに目的地に気づき徳永に確認をとった。

「小池さんが襲われた場所ですね」

「ああ。犯人は犯行現場に戻ってくるというしな」

徳永は頷くと、厳しい声音で言葉を続けた。

「気を抜くな。あとは無理をするな。相手は確実に武器を持っている」

「……はい……っ」

答える声が緊張のため掠れてしまった。そんな瞬を徳永はちらと振り返ると、

「落ち着くことだ」

とそれこそ落ち着いた声で告げ、頷いてみせた。

「はい」

狙われているのは自分ではなく徳永である。彼を守ることだけ考えよう。緊張している場合ではない。瞬は自分にカツを入れると周囲に気を配りながら足早に進む徳永のあとを追ったのだった。

深夜近い時間のオフィス街は、人通りもまばらとなっていた。今日、何度目かに訪れた

小池が襲われた路地にも人影はなく、しんと静まり返っている。

「……いませんね」

瞬が小声で告げると徳永は「そうだな」と頷いたあと、

「少し離れてもらえるか？」

そう告げ、瞬をぎょっとさせた。

「離れるなんて、危ないですよ」

「囮にならないだろう。別々に捜査をする体で、お前は路地を出ろ」

「しかし」

「いいから」

大丈夫だ、と徳永に頷かれても瞬は動けずにいたのだが、

「命令だ」

とまで言われては従わざるを得ず、渋々路地を出たあと、大通りを少し歩き周囲を窺った。

「…………」

痩せ型の長身、そして足を少し引き摺っているような人物は見渡す限りいなかった。それで瞬はUターンすると、徳永のいる路地を見張れる場所がないかを探すことにした。

何度も行き来していると目立つだろうから、物陰から見張るのがいいだろう。姿を隠せる看板のようなものがあるといいのだが、と、周囲に目を配りながら路地の前を行きすぎる。

横目で見た感じ、徳永は一人、電柱を背に立っていた。スマートフォンの画面で何かを見ている。

「あ」

あれは敢えて、スマートフォンの明かりで自身の顔を見せようとしているのかと気づき、危険すぎるだろう、と瞬は一人青ざめた。すぐにUターンしたい気持ちになったが、もし近くに秋本がいたら不審に思われるとわかっているだけにそれもできず、なんとか気持ちを落ち着かせつつ数メートル進むと、狭い路地を見つけそこを曲がった。

通りを歩く人の中に、秋本らしき男はいない。今通ってきたところに身を隠せそうな場所はなかった。時間をおいて往復するしかないだろうか。しかし完全に人通りが途絶えたら実に不自然な動きになる。

今ならまだ少しは人も通っているし、大丈夫だろう。無理矢理自分を納得させると瞬は、再び周囲を窺いながらゆっくりした歩調で徳永のいる路地を目指し通りを歩き始めた。

「……っ」

そのとき瞬の目に、前方から瞬のほうに向かって歩いてくる長身の男が飛び込んできた。パーカーのフードをすっぽりと頭からかぶり、少し左足を引き摺るようにして歩いている。

あれは——！

瞬が確信したときには、長身の男は徳永のいる路地に入っていってしまった。男の手には小池を殴（なぐ）ったときのように鉄パイプが握られていたわけではない。だが遠目にも彼の身体（からだ）から殺気が立ち上っていたのがわかり、瞬は焦るあまり、足音を忍ばすことも忘れて全力疾走で路地を目指した。

そのとき瞬の耳に、乱闘としか思えない音が届き、徳永の身を案じるあまり瞬は思わず彼の名を叫んでしまった。

「徳永さん！　無事ですかっ」

路地に駆け込んだ瞬の目に最初に映ったのは、徳永が長身の男と揉（も）み合っている姿だった。

瞬が現れたことに男は驚いたらしく、徳永を突き飛ばし逃げようとする。だが徳永は男の腰にタックルし、二人して路上に倒れ込むことで彼の足を止めさせた。

「ナイフを！」

駆け寄った瞬に徳永が短く指示を出す。

「徳永さん、腕っ」

徳永のスーツの腕の部分、シャツまでもが破れ出血していることに気づいた瞬はぎょっとしたが、そんな場合じゃないとすぐさま我に返ると、男の手からナイフを奪うべく、必死で逃げようとしている男へと向かうと彼が振り回すナイフをなんとかもぎ取った。

「離せ！　畜生！」

喚く男の手に瞬が手錠を嵌める。

「大丈夫ですか」

それでも暴れる男を押さえ込みながら瞬は男の腰の辺りを未だ抱えていた徳永を見下ろし問いかけた。

「腕から血が出てます」

「掠り傷だ。問題ない」

徳永は答えると身体を起こし、血が滲む自身の腕をちらと見た。

「でも出血が……」

「かまわない。それより彼を逃がすなよ」

スラックスの汚れを払い、指示を出す徳永の傷が心配ではあったが、手錠をかけた男の——秋本の逃走を阻止しつつ、彼を立ち上がらせた。

「……罠だったのか……」

秋本が悔しげな顔になり、徳永を、続いて瞬を睨む。

「秋本利明で間違いないな？」

徳永は淡々とした口調で確認を取る。

「…………」

一方秋本はそんな徳永をとり殺しそうな目で睨んだまま、口を開こうとしなかった。

「お前に会わせたい人がいる」

だが徳永がそう言うと、意外すぎる発言だったからか、眉を顰め小さく声を発した。

「……なんだと？」

「少し待て」

徳永はそう言うと、スマートフォンを操作し、どこかにかけ始める。

「千葉さん、徳永です。秋本さんを見つけました。これからお連れするのでよろしいでしょうか」

「千葉？」

戸惑った顔になる秋本の前で、徳永は短い通話を終えると、彼の疑問を解消すべく口を開く。

「椎崎瞳さんのお姉さんだ。宿泊先に来てほしいとのことだ」

「なんだって!?」

徳永の答えに、秋本が仰天した顔になる。

「車を回してくる」

待っていてくれ、と言葉を残し、徳永が路地をあとにする。彼の後ろ姿を呆然と見つめ立ち尽くす秋本の腕を摑みながら瞬は、徳永が秋本の存在を捜査一課の面々に隠してまでしたかったことはなんなのかと、思考を巡らせていた。

8

運転は自分がすると瞬が申し出ると、徳永は受け入れ、後部シートに秋本と共に乗り込んできた。やはり腕の傷が痛むからではないかと案じつつ瞬はハンドルを握りながら、後部シートに並んで座る秋本と徳永の様子をバックミラー越しにちらちらと窺(うかが)っていた。

なぜ、徳永が秋本を、瞳の姉、ひかりに会わせようとしているのか、瞬は理解できなかった。秋本の罪は明白である。現行犯逮捕したのだから警視庁に連れていくのがどう考えても正解だと思うのだが、それを曲げてまで徳永は何をしたいのか。

ひかりの宿泊先はシティホテルで、駐車場は地下にあった。部屋番号を聞いていたらしく、徳永は車を降りると秋本を伴(ともな)い、フロントを通らずそのまま宿泊者のフロアへと向かっていった。

人目があるからだろう、車の中で徳永は秋本の手錠を外していた。逃げられるのではと瞬は案じたのだが、秋本は訝(いぶか)しげにしながらも逃走する様子はなく、大人しく徳永に腕を取られたまま、彼が向かう先へと足を進めていた。

ひかりが宿泊している部屋の前に立ち、チャイムを鳴らす。すぐにドアが開いたが、開けてくれた女性を見た秋本の口から、信じられない、といった口調の声が漏れた。

「瞳……」

「あなたが……秋本さんですね」

姉、ひかりは恋人であった秋本の目から見ても、妹と瓜二つだったらしい。呆然とした様子の彼にひかりは名を問うたあと、

「瞳の姉のひかりです」

と自己紹介をし、どうぞ、と徳永と瞬をも部屋に招き入れた。

「徳永さん、その傷……っ」

部屋に入った徳永を見て、ひかりがぎょっとした声を上げる。

「手当てを……っ」

「大丈夫。掠り傷ですから」

慌てた様子となった彼女に徳永は笑顔で首を横に振ると、秋本を振り返った。秋本はひかりを凝視していたが、視線を感じて我に返ったらしく、目を泳がせたあと、ぼそりとこう告げた。

「……お姉さんのことは……瞳から聞いていました」

秋本は未だ呆然とした顔をしていた。そのためか彼に手錠をかけたときに感じていた攻撃性はすっかり鳴りを潜めている。

手錠をかけていないため、逃走しそうになったら再び捕獲しないとならなくなる。今のところその気配はないが、と思っていた瞬の前でひかりは、

「すみません、皆さん、ベッドに座っていただいていいですか？」

ツインベッドの、自分が使わない方を示し、

「何か飲みますか？」

と徳永と瞬、そして秋本に問うてきた。

「私は結構です」

徳永が断ったので、瞬も慌てて「俺も大丈夫です」と同じく断る。

「水でも貰いますか？」

徳永が秋本に問いかけると、再びひかりの顔を凝視していた秋本はまた我に返った様子になったあとに、

「それより、なんでこんなところに、俺を……？」

と徳永に問いかけた。

「ひかりさんから頼まれたのです」

徳永が答え、視線をひかりへと向ける。

「妹に……瞳に頼まれていたので……」

ひかりはそう言うと、もう一つのベッドに座り、真っ直ぐに秋本を見つめた。

「あなたにこれを聞かせてほしいと」

「瞳が？」

戸惑う顔になる秋本の前で、ひかりがスマートフォンをポケットから取り出す。

「当時使っていたものです。瞳が逮捕される前に電話があって、彼女の希望で録音しました」

「……瞳が……俺に……？　ならなぜ……っ」

早く連絡をくれなかったのだ、と秋本が言いたいのを察したのだろう、ひかりは、

「それも妹の希望だったのです」

と告げ、尚も真っ直ぐに秋本を見つめた。

「どういうことなんです？」

訝しそうに問いかけた秋本を前に、ひかりは少し言葉を探す素振りを見せたあと、意を決した顔になり口を開いた。

「あなたが自暴自棄(じぼうじき)になり、自殺をしそうになった場合には真実を伝えてほしい。そうでない限りは、あなたにだけは……あなたと母にだけは、自分の犯した罪を知られたくない。瞳はそう言っていたんです」

「罪!!」

秋本が絶叫に近い声を上げる。

「……犯人は瞳です」

ぽつ、とひかりは告げたあとに、スマートフォンを操作し録音していたという通話の音声を再生し始めた。

『……お姉ちゃん……お願い。利明さんと、それにお母さんだけには知られたくないの。でももし、利明さんが自暴自棄になって、それこそ自ら命を断とうとしたときには、この録音を聞かせてあげてほしいの。利明さんには幸せな人生を送ってほしいと祈っているから。私の分まで……』

「瞳の声だ……」

秋本がぽつりと呟(つぶや)き、食い入るようにひかりの手の中にあるスマートフォンを見つめている。

『……ごめんね。お姉ちゃん。録音してくれてるよね？　そしたら話すね…………犯人は私なの。警察は既に私だと気づいている。逮捕も時間の問題だと思うの。きっと間もなく私は逮捕される。でも警察に動機については決して喋らない。墓場まで持っていくつもり。だからお姉ちゃんも……誰にも言わないでほしいの』

『……どういうことなの？　瞳』

録音にはひかりの声も入っていた。

『……ごめんね、お姉ちゃん』

涙声でひかりに何度目かの謝罪をした瞳は、ぽつぽつと言葉を選ぶようにして話し始めた。

勤務先の会計事務所の皆には大変よくしてもらっていた。アットホームな職場で居心地もよかったし、仕事にもやり甲斐があった。事務員として入ったけれども自分も税理士を目指して勉強してみようかと考え始めた。そんな矢先、主要クライアントの社長の息子で、その会社の専務取締役である木村という男から何かとアプローチをしかけられるようになった。

事務所にとっては最大手といっていい客先だったので、露骨な拒絶はできなかったのだが、親しみを見せたことは一度もなかった。にもかかわらず木村はクライアントであるのをいいことに、事務所の所長に宴席を用意させたりゴルフコンペを開いたりし、瞳の出席を求めてきた。

所長も同僚も、瞳が迷惑をしていることがわかっていたので、何かしらの理由をつけて——たとえばゴルフはやったことがないとか、飲み会は体調不良を理由に欠席とするなど、瞳を気遣ってはくれていた。

瞳があまりになびかないからか、やがて木村はストーカーのような真似をするようになった。ちょうど母親が入院し、恋人の秋本も駐在に出てしまったタイミングが重なったため家に一人でいることが多くなった瞳は恐怖を覚え、警察に相談することを考えた。

それで所長に相談したところ、所長から『警察沙汰は避けてもらいたい』と懇願され、自分がなんとかするからと言われて、瞳は彼の言葉を信じた。

所長の『なんとかする』は、木村に対し、瞳には将来を約束した恋人がいることを明かす、という行為だった。

婚約者がいると知れば木村もさすがに諦めるだろうと所長は踏んだのだが、木村は諦めるどころか激高し、事務所から帰宅する瞳を待ち伏せ、車で攫って強姦したのである。

瞳は今度こそ警察に被害届けを出そうとした。が、またも所長に止められ、絶望的な気持ちになった。

『木村さんの息子さんを前科者にするわけにはいかないんだ。無理は承知でお願いする。

椎崎君、ここは一つ穏便にいこうじゃないか』

瞳は最初、所長の言葉を理解できなかった。要は泣き寝入りをしろと言われたのだとわかった瞬間、瞳の中で張り詰めていた何かが壊れた。

所長が憎かった。事情を知っていただろうに救いの手を差し伸べてくれない同僚も憎かった。誰より憎いのは木村で、暴行して尚、平然と事務所に顔を出す彼に対して瞳は、一矢(いっし)報いたいと思うようになっていった。

そんなときに事務所開所一周年の祝いが開かれることになり、木村からの申し入れで招待せざるを得なくなった。

木村は瞳が警察に届け出なかったことで、自分の気持ちを受け入れられたと思い込んでいた。それゆえ瞳へのアプローチもあからさまになり、瞳は精神的に追い込まれていった。

入院したばかりの母親には相談できない。姉にも自分が強姦されたと明かすことはできなかった。誰より、秋本には隠し通したかったというのに、木村は瞳に対し、婚約者とは誰なのかと執拗(しつよう)に聞いてくる。お前は俺の女だと、その婚約者に知らせてやるのだと息巻く木村を前に、瞳には一つの決意が生まれていった。

もう、殺すしかない。

追い詰められた瞳の頭に浮かんだのはその言葉だった。木村を殺さない限り、自分は幸せにはなれない。木村に強姦されたことを秋本に知られたらもう愛する彼とは結婚できない。ならば木村を殺すしかない。その事実を明かしてしまった事務所の所長も。そうだ、所長が喋ったかもしれない事務所の人間も全員、殺してしまおう。

開所祝いの日に木村が来るとわかったとき、樽酒に毒を仕込めばいいと思いついた。毒の入手先はネットに頼った。あまりに容易く入手できたために、本物であるかを疑うと同時に、自分が為そうとしていることもまた、たいした行為ではないのだと自分を騙すことができた。

計画は杜撰なものだった。もし、誰かが最初に飲んで倒れればその時点で皆殺しなど不可能となる。そんなことにも気づかずに当日を迎えた瞳は、計画どおり手土産を忘れたことを口実に、鏡開きの直前に事務所を出て百貨店に向かった。

手土産を買い、事務所に戻る。ドアを開いた直後、所長や所員、それに木村と木村の部下が床に倒れているのを目の当たりにした瞳の胸は歓喜に湧いた。

憎くてたまらなかった人間は皆、この世界からいなくなった。さあ、警察に電話をしよう。自分は何も知らない。皆が毒を飲んだ場にはいなかったのだから。

演技をしなくてもまずは一一九番通報を、続いて一一〇番通報をしたときには声が震えた。救急車を呼ぶことを忘れなかった自分に安堵しつつ、救急隊員や警察の人間から事情を聞かれる間、狼狽えるだけの自分に瞳は内心、冷めた目を向けていた。

疑われている様子はなかった。一歩間違えれば瞳も死んでいたと思うからか、刑事たちは皆、瞳に気を配ってくれていたように感じた。

そもそも、動機がない。所長や所員との関係は良好だと、関係者は証言してくれるだろう。木村がしつこく言い寄ってきていたのを知る人間は皆、死んだ。もう案ずることはない。これで自分は幸せになれるのだ。愛する人と共に――。

『……もう、利明さんとの結婚を邪魔する人間は誰もいない。これでやっと幸せになれる――そう思ったときに私、気づいてしまったの。自分がどれほど恐ろしい罪を犯してしまったかということに……』

訥々と語っていた瞳だったが、不意に感情が高ぶったようで激高した声となる。

『人を殺した私が、幸せになれるはずがない。利明さんがもし、私を人殺しと知ったら……愛してくれるはずがない。なぜ、そんな当たり前のことに私は気づかなかったのかと……っ』

スマートフォンから聞こえてくる瞳の声は今、嗚咽に紛れそうになっていた。

『お願い、お姉ちゃん。このことは誰にも言わないで。利明さんにも……お母さんにも……っ……でも……っ』

必死で込み上げる涙を堪えながら、瞳が声を絞り出す。

『もし私が逮捕されて……死刑になったとして、利明さんが万一、あとを追おうとしたときには、この告白を彼に聞かせてほしいの……ふふ……馬鹿みたいよね。そんな夢みたいなこと、起こるはずないのに……』

『そんなこと……っ』

スマートフォンからは、瞳とよく似たひかりの声も聞こえてきた。

『お姉ちゃん、ごめんね。こんなこと頼めるの、お姉ちゃんしかいないの。妹が人殺しでごめん。でも、お姉ちゃんには絶対迷惑かけないから……っ。本当にごめん。ごめんね……っ』

『謝らなくていいから！　私こそごめん！　何も知らなくて……っ』

ここでひかりはスマートフォンを操作し、再生を中断した。

「……瞳の声だとわかりましたよね？」

そうして秋本に確認を取る。

「…………うそだ……」

秋本は今、茫然自失といった顔になっていた。瞬はそんな彼と、必死で理性を保っているように見えるひかりの姿を代わる代わるに見やることしかできずにいた。

「嘘ではありません。瞳は近々、警察に逮捕されることを予測していました。実際、この電話から間もなくして妹は逮捕され、拘置所内で自死しました」

涙を堪えた声でひかりはそう言うと、秋本を真っ直ぐに見据えた。

「瞳に頼まれていたので、あなたのことは調査会社に依頼し、ずっと追いかけていました。事故に遭われたあと、静岡にお帰りになったことも知っています。妹が案じたように自ら死を選ぶこともなく、リハビリを頑張っていらっしゃると知り、陰ながら回復を祈っていました。三年が経ち、ようやくもとの身体に戻られたと聞いて喜ばしく思っていたところ、調査会社よりあなたが行方を眩ませたと連絡があったのです」

ひかりはそう言うと、抑えた溜め息を漏らし秋本を見やった。秋本は顔を伏せたまま何も言わない。

再びひかりが口を開く。

「……なぜ姿を消したのか。病院であなたはずっと暗い目をしていらしたと聞きました。リハビリは真面目に取り込んでいらしたということでしたが、真面目を通り越し鬼気迫るものがあるという評判だったとも聞いていました。まさか、と思っているうちに、ネット上に妹が逮捕されたときの写真がアップされ、写っている刑事についての情報が集められた。直後にその刑事が襲われたと知り、あなたが復讐を始めたのではないかと気づいた私は、あなたが狙うに違いないもう一人の刑事さんを――ここにいる徳永さんを見張ることにしました。あなたの復讐をなんとしてでも止めたくて」

ひかりはそう言うと、秋本に向かい身を乗り出し、顔を覗き込んだ。

「……瞳からはあなたが死を選びそうになったら、犯人が自分であることを明かしてほしいと頼まれていました。でもあなたが復讐を果たそうとしたときにも彼女は止めたかったに違いありません。あの子はあなたの幸せを祈っていました。自分の分まで幸せになってほしいと……今、聞きましたよね？」

そう告げるひかりの瞳から涙が溢れ、彼女は両手に顔を伏せて嗚咽を堪えていた。

「…………僕……は……」

未だ、秋本は呆然としている。ぽつ、と呟いたあとには何も言うことができなくなったらしく、項垂れる。

酷く思い詰めた顔だと、瞬は心配になり、秋本の表情を窺おうとした。と、秋本の横に座っていた徳永が手を伸ばし、ぽんと彼の肩を叩く。

「瞳さんのあとを追おうなどと、考えてはいけない」

「……っ」

それを聞き、秋本は、はっとした顔になった。やはりそのつもりだったのかと思っていた瞬の前で秋本は、不意に激しい語調で叫び始めた。

「瞳のために……彼女を死に追い込んだ刑事たちに復讐するためだけに、生きてきたんだ！　つらいリハビリもこの手で奴らを殺すためなら頑張れた。実際、小池という刑事を殴（なぐ）りつけたときの達成感といったら……っ。なのに……なのに……瞳が……本当に瞳が犯人だったなんて……そんな……っ」

　喋るうちに興奮してきたのか、秋本が激しく首を横に振る。

「瞳があのとき、そんなに苦しんでいたなんて知らなかった！　なぜ気づいてあげられなかったんだ、僕は！　なぜ僕はあのとき彼女の傍にいなかった！　瞳は一人で苦しみ、一人で罪を犯し、一人でそれを悔（く）いて死んでしまった。なぜ、なぜ僕は……っ……ああ……っ」

　立ち上がろうとする秋本を徳永が押さえ込もうとする。

「離してくれっ」

　しかし秋本は、徳永の傷のある腕を狙い一撃を加えると、怯（ひる）んだ隙（すき）を狙って部屋を駆け出そうとした。

「麻生！」

　徳永に名を呼ばれるより前に瞬は秋本に飛びつき、床に倒すことで彼の身の自由を奪っていた。

「離してくれっ」

暴れる秋本の抵抗を馬乗りになって封じ、後ろ手で手錠をかけようとした瞬に徳永の声が飛ぶ。

「手錠はいい」

「えっ？」

どういうことだ？　と戸惑いの声を上げた瞬へと徳永は近づいてくる。やはり先に手当てをすべきだったと瞬が案じるほど赤い血が滲む上着の袖を押さえながら近づいてきた徳永は、秋本の傍で膝をつくと彼に向かい訴えかけた。

「瞳さんが君の死を望むと思うのか。君に生きてほしいと願ったからこそ、ああして告白を残したんだ。君だけには自分の犯した罪を知られたくなかっただろうに。その気持ちをなぜ、わかってやれない！」

「……瞳……」

徳永の言葉に、秋本が、はっとした顔になる。そんな彼に向かい、徳永は次の瞬間深く頭を下げ、瞬を酷く驚かせた。

「我々警察にも問題はある。瞳さんが亡くなったあと、なぜ彼女が罪を犯すに至ったかを深追いすべきだった。彼女がどれほど苦しんでいたか、恥ずかしいことにひかりさんに録音を聴かせてもらうまで俺はまったく知らなかった。本当に申し訳ないことをした」

「そんな……っ」

謝罪を受け、反応したのは秋本だけではなかった。ひかりもまた、はっとした様子となると、徳永に駆け寄り床に座り込みながら頭を下げる。

「徳永さんは捜査に加わってなかったと仰っていたじゃないですか。それなのにこうして巻き込んでしまって……っ……怪我までさせてしまって、本当に申し訳ありません……っ」

「え……っ」

それを聞き、秋本は顔を上げ、見開いた目を徳永へと向けた。

「捜査に……加わっていなかった……？　写真週刊誌に載っていたのに……？」

「瞳に逃亡の恐れありということで、偶然近くにいた徳永さんと小池さんが逮捕に向かったそうです。お二人は瞳に手錠をかけはしましたが、担当していたのは別の部署だったと聞きました」

ひかりはそう言うと、秋本を見つめ再び訴えかけていった。

「私がもっと早く、あなたとコンタクトを取っていればよかったのかもしれません。あなたの人生をめちゃめちゃにしてしまった。本当にごめんなさい。でもこれだけはわかってほしいんです。瞳はあなたの幸せを願ってた。あなたに許されることより、あなたに生きてほしいと願っていたんです。だからお願いです。瞳のためにも、死ぬなどとは決して考えないでください。お願いします!!」

切々と訴えかけるひかりを見返す秋本の目が潤んでくるのを見つめる瞬の胸に熱いものが込み上げてきた。

「……はい……はい……」

秋本の目にも涙が浮かんでいる。声を絞り出すようにして答え、頷く彼の上に未だ馬乗りになっていた瞬は、徳永に肩を叩かれ、彼の上から退いた。徳永は秋本の腕を掴むと、自身も立ち上がりながら彼をも立たせる。

「ひかりさん」

と、徳永はひかりへと視線を向けた。

「はい」

「秋本さんを連れていってもよろしいですか？」

「……あの……」

ひかりが少し迷った素振りをし、秋本を見る。秋本もまたひかりを見返したのに、ひかりは、意を決した顔になり口を開いた。

「改めて、お話ししたいです。瞳との思い出を……秋本さんが嫌でなければ」

「嫌なはずがありません！」

秋本が声を張ってそう告げたあと、少しバツの悪そうな顔となる。

「……とはいえ、出所後にはなってしまいますが、待っていてもらえますか？」

「もちろんです」

迷いのない口調でひかりはそう言うと、きっぱりと頷いてみせた。秋本は安堵したように微笑むと、徳永を振り返った。

「申し訳ありませんでした」

手錠を求めるかのように両手を差し出した彼の肩を、徳永はポンと叩くと、

「それでは、失礼します」

と頭を下げ、秋本を伴いドアへとむかった。瞬も二人に続いて部屋を出る。

「申し訳ありませんでした」

エレベーターに乗り込んだあと、秋本が徳永に再度頭を下げる。

「ご家族も心配しているでしょう」

徳永はそう言うと、また、ポン、と秋本の肩を叩いた。

「連絡されたほうがいいでしょう」

「はい……？」

秋本が戸惑った顔になったところで、エレベーターはフロントのある階に到着した。

「……今回の襲撃に関しては、あなたを逮捕するつもりはありません」

「えっ」

秋本より前に驚きの声を上げてしまった瞬を一瞥したあと、徳永は秋本を真っ直ぐに見据え口を開いた。

「気持ちの整理をつけたいのではないですか？」

「……それはそうですが、しかし……」

未だ戸惑った顔をしている秋本に徳永は、

「小池の怪我も命に関わるようなものではありませんでしたから」

と微笑むと、視線を瞬へと向けてきた。

「行くぞ」

「えっ？」

それはつまり、と、思わず秋本を見てしまった瞬を見返しつつ、秋本が口を開く。

「逮捕しないのですか？」

「失礼します」

だが徳永は彼に対して笑みを浮かべると、そのまま瞬の背を促し、駐車場へのエレベーターへと向かっていこうとする。

「あの……っ」

背後で秋本の声がしたのに、瞬は足を止め彼を振り返った。徳永もまた彼を見る。

「腕……すみませんでした……」

秋本はそう言うと、徳永に対し、深く頭を下げた。

「掠(かす)り傷です」

徳永が微笑み、踵(きびす)を返す。

「僕は……っ」

そのまま立ち去ろうとする徳永の背に、秋本が声を張り上げる。

「僕は、生きていてもいいんですよね!?」

「生きてください。それが瞳さんの願いです」

再び足を止め、秋本に対してきっぱりとそう言い切った徳永を、秋本が見つめる。徳永もまた秋本を見返し、暫し、二人して目を見交わすだけの時間が流れた。

「失礼します。まずはご家族に連絡を」

沈黙を破ったのは徳永だった。

「……ありがとうございます」

秋本が再び、徳永に対し深く頭を下げる。

「行くぞ」

その様子を見ていることしかできなかった瞬の背を促し、徳永が歩き出した。

「徳永さん……」

どうして逮捕しないのかと、瞬が問いたいのがわかったのだろう、徳永は一言、

「大丈夫だ」

と告げただけで足を進めていった。

駐車場に到着し、覆面パトカーに乗り込むと徳永は、

「もう、俺の家に向かってくれていいぞ」

と瞬に声をかけてきた。

「ウチでもいいですか？」

正直なところ、瞬は未だ、納得できていない状態だった。もっと徳永と話がしたい。そう願い、問いかけた瞬に徳永が苦笑めいた笑みを浮かべてみせる。

「お前がそうしたいなら」

「したいです」

即答した声が覆面パトカー内に響き渡る。

「声が大きい」

久々の注意に瞬は、日常が戻ってきたと改めて自覚し、自然と頬に笑みが浮んでしまうのを堪えることができずにいた。

9

帰宅しまず瞬がしたことは、徳永の傷の手当てだった。

「もう血も止まっている」

大丈夫だと徳永は顔を顰めたが、未だ血が滲む傷口を消毒し、包帯を巻いているところに、ちょうど風呂から上がってきた佐生がリビングにやってきて、

「どうしたんです!?」

と勢い込んで問うてきた。

「いや、ちょっとな」

瞬がどう誤魔化そうと案じているうちに、徳永が佐生に笑顔を向ける。

「怪我をするような何があったんですか?」

「大丈夫だ。それより明日にも自宅に戻ることになった」

心配そうに問いかける佐生に、笑顔のまま徳永がそう告げる。と、佐生はそんな徳永を

案じている様子をしつつも、心底残念そうな顔になった。

「えっ。もう帰っちゃうんですか？　もっと徳永さんから色々お話伺いたかったんですけど」

「色々というのは？」

徳永が律儀に問い返すと、佐生は、

「あの！」

と、爛々と目を輝かせ、彼に向かってまくし立てた。

「殺人の動機についてです！　勿論、現実の事件を教えてほしいなんて言いません。今、動機について悩んでいて。瞬は一緒に考えてくれるって言うけど、正直頼りにならないんです」

「お前な」

頼りにならないもなにも、まだ具体的に協力すらできていない段階じゃないか、と不満を述べようとした瞬の声に被せ、佐生が切々と訴えかける。

「まずは徳永さんにご意見を伺いたいんです。意外な動機について。リアリティがほしいと言われたんですが、現実にもありそうかどうか、新しく考えた動機についてご意見を伺えればと……っ」

「事実は小説よりも奇なりとはいうが、そもそも小説と現実は別物と考えたほうがいいんじゃないか？」

答える義務などないというのに、徳永が少し考える素振りをしてみせたあとに口を開く。

「でも編集さんにはリアリティを求められるんです」

「現実には変わった事件はいくらでもある。小説のほうが難しいんだろうな。読んだ人間に対し、動機や手法を納得させる必要があるから」

「そうなんです!!」

徳永の言葉に佐生は感動した顔となった。

「こういう事件は現実にありましたって言っても、共感する人がいないとダメだって言われるんです。徳永さん、どうしたら共感を得られると思いますか？」

「まずは自分が共感するようなネタを考えろよ」

これ以上、徳永に迷惑をかけるわけにはいかない、と間に入った瞬に、佐生が不満げな目を向けてくる。

「共感してるよ」

「財布なくした友達を殺そうって思うのにも共感したのかよ」

「それは……っ」

痛いところを衝かれた、と顔を歪めた佐生に、徳永が問いかける。

「財布をなくした友達とは？」

「あ、徳永さん、聞かなくても大丈夫です。全ボツくらったネタなんで」

佐生が可哀想かとも思ったが、自分もまた事件について徳永と語りたかったこともあり、

「ひどっ」

と不満そうな顔をしている佐生を部屋に追いやることにした。

「とりあえず、俺の部屋で仕事しててくれていいから。全ボツの原稿、頑張るんだろう？」

「全ボツって連呼しないでくれない？　かなりショックだったんだけど」

そう言いながらも佐生は、刑事二人が語り合いたいと願っていることを察したらしく、

「さて書くか」

と言いながら瞬の部屋に向かってくれた。

「少し飲むか」

佐生が立ち去ったあと、徳永が微笑み、キッチンへと向かう。瞬も彼のあとに続き、冷蔵庫から缶ビールを取り出すと、ダイニングテーブルへと戻った。

「乾杯」

プルタブを上げ、徳永が缶ビールを翳してみせる。

「……乾杯」

唱和したものの、瞬は戸惑いを覚えないではいられず、徳永を真っ直ぐに見返してしまった。

今の乾杯は犯人逮捕に？　しかし徳永は手錠をかけてはいない。なぜ逮捕しなかったのか、それを聞きたいのだと瞬は彼を見た。徳永もまた瞬をまっすぐに見返す。

「別に俺は彼を見逃そうとしたわけではない」

徳永はそう言うと、手の中の缶ビールを呷った。瞬もつられてビールを飲む。

「……気持ちを整理する時間を与えてやりたかった。彼に」

手の中で缶をグシャ、と潰しながら徳永が告げた言葉を、瞬は自身の胸の中で反芻していた。

三年間、婚約者の冤罪を信じ、警察への復讐心を抱いてきた。しかし婚約者は実際、罪を犯した。しかもその動機には婚約者本人がかかわっている。

まさに今、佐生が告げていた『思いもよらない動機』ではないかと思う。その『動機』について捜査ができていればと徳永は悔やんでいるに違いない。

「あの……ほんと、すみません」

佐生の発言は無神経すぎたのでは。案じた瞬の口から、自然と謝罪の言葉が零れた。

「謝る必要はない」

徳永が苦笑しつつ、ビールを飲み干す。

「もう一缶、もらうぞ」

そして笑顔でそう言うと、キッチンへと向かっていった。

「………」

後ろ姿を目で追う瞬の口から溜め息が漏れる。瞬の頭にその時浮かんでいたのは、秋本に対し深く頭を下げていた徳永の姿だった。

『我々警察にも問題はある。瞳さんが亡くなったあと、なぜ彼女が罪を犯すに至ったかを深追いすべきだった。彼女がどれほど苦しんでいたか、恥ずかしいことにひかりさんに録音を聴かせてもらうまで俺はまったく知らなかった。本当に申し訳ないことをした』

心のこもった謝罪だった。警察官の一人として責任を感じずにはいられないと、徳永が心から悔いていることがひしひしと伝わってきた。

自身が捜査に加わっていない事件であっても、捜査しきれなかったことに対して罪悪感を抱く。自分もそんな心根を持った刑事になりたい。いや、なるのだ。

いつしか拳を握り締めていた瞬の目の前に、缶ビールが差し出される。

「お前も飲むだろう？」

「あ、すみません。取ってきてもらうなんて」

上司に。しかもここは瞬の自宅であり徳永は客といってもいい立場である。そもそも自分が彼のためにビールを取りにいくべきだった、と今更自分の気の利かなさに気づき、瞬はあわあわとしてしまった。

「散々世話になったんだ。ビールくらい取ってくるさ」

徳永は笑ってビールの缶を瞬の前に置くと、再び椅子に座りプルタブを上げる。

「佐生君にも世話になった。食事まで作ってもらったしな。執筆の妨げになっていないといいのだが」

「大丈夫だと思いますよ。ちょうど行き詰まっていたところだったし、いい気分転換になったんじゃないですかね」

そういえば全ボツになった原稿についてのその後を聞いていない。『思いもかけない』動機について、必死に徳永から聞き出そうとしていたところを見ると、何も思いついていないのだろうが、と思いを馳せていたのがわかったのか、徳永が、

「行き詰まっていたとは？　さっき全ボツと言ってたな」

と聞いてくる。

それで瞬は佐生が全ボツになった話の内容を簡単に説明したのだが、聞いた徳永は、

「小説とはいえ、逆恨みがすぎるな」

と苦笑した。

「ですよね」

瞬も思わず笑ってしまったそのとき、徳永の携帯が着信に震えたらしく、内ポケットから取り出す。

「はい、徳永」

応対に出た徳永は、すぐに、はっとした顔となった。

「そうですか。いえ。私は遠慮(えんりょ)しておきます」

短く答え、電話を切る。

「あの」

誰からの電話だったか、聞いていいだろうかと案じつつ問いかけた瞬を見返し、徳永はスマートフォンをポケットに仕舞いながら、口を開いた。

「斉藤課長からだった。秋本が自首してきたそうだ」

「…………早かったですね」

徳永が彼を逮捕せず、ひかりの部屋を辞したあとに解放したとき、秋本はまた姿をくら

ますのではないかと案じなかったといえば嘘になる。秋本が罪を償う気持ちとなったのは、瞳の姉から真実を聞いたことが主たる要因ではあろうが、徳永の警察官としての真摯な態度や言葉もまた理由であろう、と瞬は改めて徳永に対し尊敬の念を抱いた。

「取り調べに同席するかと言われたので断った」

「しなくてよかったんですか？」

「酒を飲んでいるからな」

徳永が缶ビールを翳してみせる。

「明日からまた、本来の仕事に戻る」

「はい！」

本来の仕事——ここ数日というもの、見当たり捜査に身を入れるという状況ではなかった。明日から頑張らねば、と決意を新たにしていた瞬に、徳永が彼にしては珍しく躊躇うような様子で声をかけてくる。

「捜査一課のフロアからまた地下二階に戻るわけだが、不満はないか？」

「不満？」

何を不満に思うというのだろう。戸惑いから問い返した瞬を見て、徳永が少し安堵したように笑う。

「捜査一課に留まりたいんじゃないかと思ったんだが、杞憂だったか？」

「はい」

即答した瞬の前で、徳永が珍しいことにぷっと噴き出した。

「お前、わかってないだろう」

「わかってますよ。でも今は見当たり捜査を頑張りたいんです」

刑事になるのは子供の頃からの夢だった。夢見ていた刑事の仕事が今、できているかとなると首を傾げざるを得ないが、見当たり捜査も刑事としての立派な仕事だという自負を今や瞬は抱いていた。

幸い自分の特性を活かせるものだ。何より徳永と共に仕事ができる。この先も彼から学びたい。刑事としての心構えも。刑事として何が大切であるかも。刑事としてのありかたも。何もかも。彼のすべてを。

「それを聞いてほっとした」

徳永が笑い、持っていた缶ビールを再び翳してみせる。

「明日からもよろしく頼む」

「こちらこそです！」

瞬もまた缶ビールを掲げると、熱い決意そのままの熱い声でそう告げ、いつもどおり徳永に「声が大きいぞ」と顔を顰められたのだった。

秋本の逮捕を受け、三年前の瞳の事件が蒸し返されることのないよう、徳永が斉藤捜査一課長に働きかけたことを、瞬が知るのはかなり時間が経ってからのこととなった。

小池の退院にあわせ、徳永は小池と、そして瞬を伴い瞳の墓参のため都下の霊園へと向かう約束をした。

瞳の動機について徳永から説明を受けた小池は痛ましげな顔になり、墓参に行くつもりだという徳永に退院したら自分も行きたいと申し出たのだった。

今日、退院すると小池から連絡があったため、瞬たちは彼を病院へと迎えに行き、そのまま三人は電車で霊園を目指した。

「……彼女も被害者だったんですね」

退院して尚、小池は足を引き摺っていた。腕にも包帯が巻かれている。医師からは退院を渋られたというが、ベッドにただ寝ているほうが苦痛だと小池が上司に泣きを入れ、退院が決まったという話だった。

仕事に復帰したあとも当面は内勤になるという。それもすぐに撤回してみせますよ、と小池は胸を張っていたが、無理はしてほしくないのだがと瞬は案じずにはいられなかった。

徳永も心配しているらしく、

「まずは身体を治すことだからな」

と注意を促すも、小池は、

「大丈夫です。丈夫なだけが取り柄なので」

とあまり意に介していないようで、ますます瞬は心配になったが、続く小池の言葉を聞いては何も言えなくなってしまった。

「それに……今、担当している捜査に少しでも早く戻りたいんです。一つも見落としがないように」

もう後悔はしたくない。小池の目の中にある熱い決意に瞬が気づいたように、当然徳永も気づいており、無言で、ぽん、と小池の肩に手を置いていた。

霊園の入口にある事務所で場所を聞き、奥まったところにある椎崎瞳の墓を目指す。

「あ」

教えられた墓の前には、瞬の見知った女性がいた。

つい声を漏らしたのが聞こえたのか、墓前で手を合わせていた女性が顔を上げ、瞬たちを見て驚いた顔になり、立ち上がる。

「徳永さん。麻生さんも……それに……」

ひかりが驚いた声を上げるのに、小池が頭を下げる。

「小池です。妹さんのこと聞きました。三年前の妹さんの事件では、捜査が中途半端で終了することになり、申し訳ありませんでした」

「いえ。謝るのは私のほうです。妹のために大怪我を負うことになり、申し訳ありませんでした」

恐縮し、詫び返すひかりに徳永が、

「お参りしてもいいですか?」

と問いかける。

「……妹も喜んでいると思います」

ひかりが本当に嬉しげな顔で微笑む。

小池、徳永、そして瞬は、石材店で買ってきた花を供えたあと、順番に墓前に座り手を合わせた。

徳永も、そして小池も、かなり長い間、墓前で手を合わせていた。彼らが墓に眠る瞳に対して何を告げていたのか、わかるようでわからない、と思いながら瞬もまた瞳の墓に手を合わせ、心の中でこう告げていた。

『秋本さんは立ち直ったと思いますから。我々警察がフォローしていきますから！』

瞬が立ち上がると、ひかりは三人を見渡し、

「まさかお参りに来てくださるなんて、驚きました」

かえって申し訳ないです、と恐縮してみせた。

「遅いくらいです。本当に申し訳ありませんでした」

そんな彼女に徳永は真摯な態度で頭を下げ、ますますひかりを恐縮させているようだった、と、彼女が少し思い詰めた顔のまま口を開く。

「……秋本さん、逮捕されましたね」

「はい。小池を殴ったことと私に小型爆弾を送ったことについて、すべて自供していま す」

頷いた徳永にひかりは、

「……それで」

と問いかけようとし、言葉を探すように口を閉ざした。

「妹さんの事件が蒸し返されることはありませんので、ご安心ください」

彼女が問いたいことを徳永は正確に把握していた。笑顔でそう言うと、

「え」

と俯いていた顔を上げたひかりに頷いてみせる。

「今回の秋本さんの逮捕により過去の事件がクローズアップされることがないよう、マスコミを規制しています。秋本さんの動機についてマスコミ発表は行いません。それに不確定ではありますが、秋本さんは起訴されるものの執行猶予がつく見込みだと検察からは聞いています」

「それはよかった……」

ひかりが心底安堵した顔になる。

「瞳もほっとしていることでしょう」

改めて三人に対し、頭を下げたひかりは感極まった顔となっていた。

「ありがとうございます。妹のしたことは許される罪ではありません。わかってはいますが、私は……」

ここで涙を堪えるようにして口を閉ざしたひかりの前に立ち、徳永が彼女の目を真っ直ぐに見つめ口を開く。

「……あなたがご自身の人生を歩んでいかれることを、妹さんは望まれていると思いますよ」

「……ありがとう……ございます……」

ひかりが徳永に対し、深く頭を下げる。そんな彼女の肩にぽんと手を載せた徳永の顔には、慈愛としか表現し得ない笑みが浮かんでいた。ひかりが胸を熱くしているように、瞬もまた胸を熱くしながら二人を見つめる。

思えばひかりも三年前の事件にとらわれている一人だった。妹、瞳の告白を一人の胸に納めている苦悩はいかばかりのものだったか。その上彼女はずっと秋本の様子を見守っていたという。

この三年、心安まるときはあっただろうかと案じてしまっていた瞬の前で、ひかりはそれは晴れやかな顔で微笑むと、

「妹もきっと、それを喜んでくれますよね」

と涙で頬を濡らしながらもそう告げ、ますます瞬の胸を滾らせたのだった。

「さて、俺はこれから職場に戻ります。徳永さんたちは?」

「我々は立川駅に出て見当たり捜査にかかる」

「そうですか」

それじゃあ、と反対方向の電車に乗ろうとする小池の背に徳永が、

「まだ本調子じゃないんだ。無理するなよ」

と労りの言葉をかけると、未だ医師から禁酒を申し渡されている小池は、

「早く徳永さんたちと飲みたいですよ」

と心底願っている口調でそう言い、車両に乗り込んでいった。

「こっちも来たな」

ホームに電車が来るというアナウンスが流れるのを聞き徳永がぽつりと呟く。

「あの」

霊園でひかりと別れてからずっと心にある思いを告げたくなり、瞬は徳永に声をかけた。

「なんだ？」

徳永が瞬を振り返る。

今更、とも思ったし、気恥ずかしくもあったが、やはりこの気持ちは伝えたいと瞬は勇気を出し口を開いた。

「徳永さんのこと、尊敬します。自分も徳永さんのような刑事になりたいです」

「…………」

徳永は少し驚いたように目を見開いたあとに、手を伸ばし、瞬の髪をくしゃくしゃとかき回した。

「わっ」

「行くぞ」

徳永がそう言い捨て、ちょうど来た電車に向かっていく。

「ま、待ってください」

慌ててあとを追いながら瞬は、徳永の耳が微かに赤らんでいることに気づき、笑ってしまいそうになった。

照れているのか。徳永がそんな姿を見せることは珍しい。今回の事件は徳永にとっても特別な感慨を抱くものがあったのだろう。そんなことを思いながら瞬は頰が緩みそうになるのを堪え、徳永のあとに続いて電車に乗り込んだ。

「気持ちを切り換えないとだな」

ドアの近くに佇んでいた徳永がぽつりとそう告げる。これから向かう立川駅での見当たり捜査への心構えを語ったのだろうと察した瞬は、独り言かなと思いつつも、己の気持ちを口にすることにした。

「はい。気合い入れていきます」

周囲には聞こえないよう、抑えた声音ではあったが、言葉どおり気合いを入れてそう告げた瞬に、徳永が唇の端を引き結ぶようにして微笑む。

「ああ。俺も気合いを入れるよ」

徳永の言葉にもこれでもかというほど気持ちがこもっているのが伝わってきて、ますます瞬は彼への尊敬の念を強めた。

見当たり捜査は過去に指名手配となった犯人を捜す、通常の警察の捜査とは種類の違うものである。

しかし過去、逮捕に至らなかった犯人を逮捕することで、当時の事件に囚われ、苦しんでいる人を救うことができるかもしれない。秋本が。そしてひかりが、三年間、囚われ続けていた苦しみから逃れることができたように。

そう思うと今まで以上のやり甲斐を覚える。そうした人々を苦しみから救う一助となりたい。幸い自分には、人の顔を忘れないという能力が備わっている。それを存分に活かせることがどれほど幸運であることか。

よし、と拳を握り締める瞬だったが、ふと視線を感じ、傍らに立つ徳永を見る。視線が合うと徳永は、それでいいというように微笑んだあと、手を伸ばし瞬の肩を強い力で握り締めたのだった。

一夜明けて

（シリーズ一作目『忘れない男』後日談）

「短い間でしたが大変お世話になりました」

「なんだ、他人行儀な」

「いや、もともと他人ですよね」

まさかこんなやり取りができるようになろうとは。麻生瞬は心の中でこっそりそう呟きつつ、目の前にいる、上司にして今日まで瞬を自宅に泊めてくれていた徳永潤一郎に、

「ともあれ、本当にお世話になりました。ありがとうございました」

と改めて深々と頭を下げた。

「ほんの二、三日泊めただけで、大仰だな」

徳永が苦笑し、ぽんと瞬の頭に掌を載せる。

「まあ、十数時間後には職場で会うわけだが、明日からも宜しく頼む」

縁無し眼鏡の奥の瞳を細めて微笑むその顔は本当に格好いい、と瞬は今更の感心をしな

がら、

「こちらこそ、よろしくお願いします！」

といつもの調子で挨拶を返した。

「だからお前は声がでかいんだ」

途端に徳永の眉間に縦皺が寄り、再びぽん、と頭を叩かれる。先程のは『載せる』程度だったが今はしっかり『叩く』強さで、瞬は思わず、

「痛」

と声を漏らしてしまった。

「大仰だな」

徳永が呆れた声を上げ、瞬を見下ろす。先程と同じことを言われてしまった、と顔を上げた瞬は、徳永の頬に笑みがあることから、彼の機嫌は悪くないどころか、上機嫌なのではと察することができた。

配属直後『声がでかい』と言うときの徳永は、充分、不機嫌そうだった。警視庁の捜査一課内にある『特殊能力係』、略して『特能』の係長である彼が瞬をいわば『スカウト』したというのに、配属初日の徳永の瞬への態度はいわゆる『塩対応』だったのである。

たった二人のチームなんて。しかも見るからにエリート然としており、取り付く島など

なさそうな感じのするこの人が上司だなんて。先が思いやられると不安に感じていたのが嘘のようだ。

それにしても今回は全てにおいて助けられた、と瞬は改めて徳永に対し頭を下げた。

「本当に何から何までありがとうございました」

「更に大仰になったな」

ますます呆れてみせてはいたが、その口調も眼差(まなざ)しも穏やかで、徳永の優しさを余すところなく感じさせる。

もしかしたら最初から彼の言動の根底には、優しさがあったのかもしれない。そんなことをぼんやりと考えていた瞬は、今度は肩を叩かれ、我に返った。

「それじゃ、また明日」

「あ、はい。失礼します」

頭を下げ、玄関に向かう。徳永も見送ってくれようとしたらしくあとをついてきた。

「佐生(さそう)君も今日、戻るのか？」

靴(くつ)を履(は)く瞬の背に徳永が問うてくる。

「はい。もうウチに着いているそうです」

頷(うなず)き振り返った瞬は、許可を得たほうがいいだろうという判断のもと、徳永に問いかけた。

「多分なんですが、佐生は今回の件の詳細を俺から聞きたくて戻ってきたんじゃないかと思うんです」

「誰がどう考えてもそうだろうな」

淡々と返してきた徳永が、

「で？」

と瞬の目を見つめる。

「犯人の言葉をそのまま伝えることは、やはり……マズいですよね」

おそらく返しは先程と同じく、

『誰がどう考えてもそうだろうな』だろうと、瞬は予測していた。公表されている『真相』以外を明かすことなどできようはずがない。わかりきってはいたが、それでも問わずにはいられなかったのは、『当事者』である佐生が事実を知らないままでいるのはどうなのだと思ってしまったからだった。

「…………」

徳永が珍しく、言葉を選ぶようにして黙る。がそれは一瞬で、すぐに彼は相変わらず淡々とした口調のまま答えを告げた。

「話すのなら話していいぞ。責任は俺がとる」

「え……」

予想外の返しに、今度は瞬が息を呑んだ。

「佐生君には知る権利があるからな」

徳永はそう言うと、何も言えずにいた瞬に対し、ニッと笑ってみせた。

「徳永さん……」

「早く戻ってやれ」

感無量となった瞬が感謝の言葉を告げようとするのを徳永が遮る。心持ちぶっきらぼうな口調なのは照れゆえかもしれない。

本当にこの人は温かい。しみじみとそう実感しながら瞬は、

「本当にありがとうございました！」

と深く頭を下げたのだったが、案の定、徳永から返ってきたのは、

「声がでかい」

という、いつもの注意で、彼の憮然とした声に送られるようにして瞬はマンションをあとにしたのだった。

「瞬、おかえり！」

　自宅に戻った瞬を出迎えた佐生はいつも以上にハイテンションだった。

「ご飯にする？　お風呂にする？　それとも……」

「んー、風呂」

　このノリには乗ってやるべきだろう。そう思って答えたのがわかったのか、佐生は一瞬苦笑めいた笑みを浮かべたあと、『ノリ』を続けてきた。

「ざんねん。風呂は用意できていません」

「じゃあメシ」

「メシもこれからです。あ、出前とる？　ココイチのカレーならすぐ来るよ」

「要は選択肢は『お前』しかないってことだな？」

　問いかけた瞬に佐生が笑って頷く。

「そう。でも出前はとろう。瞬、少し痩せた気がするし」

「痩せてはないと思うけど……」

「じゃあ、窶れた？」

「隈でもできてる?」

問いかけた瞬に佐生は、

「いや、相変わらずイケメン」

といつものようにふざけてみせた。

「ビールでいいよ。飲むだろ?」

「もう始めさせてもらってる。今、三缶目だ」

「なるほど」

だからこそのハイテンションか、と瞬は佐生を見やった。佐生はあまり酔いが顔に出るタイプではないため気づかなかったが、かなり酔っているようである。

「空きっ腹に飲んだのか? 酔っ払うだろう」

体調を気遣った瞬の言葉は、

「叔母さんじゃないんだから生活態度はスルーで頼むよ」

という佐生の煩げな様子にかき消されてしまった。

「叔母さんじゃなくても心配になるよ。お前こそ痩せたんじゃないか?」

「まあね」

佐生は苦笑したが、すぐ、

「やっぱり出前とろう。ココイチでいいよな？」

と笑ってスマホを取り出した。

「頼んでおくよ。いつものでいい？」

「ありがとう」

着替えてくる、と佐生を残し自室に向かいながら瞬は、事件についてどのように説明したらいいのかと考えていた。

いつものTシャツとスウェットに着替え、リビングダイニングに戻ると、佐生はダイニングテーブルに瞬のための缶ビールを用意し待ち受けていた。

「お疲れ」

「お前も大変だったろ？」

記者が来たりはしなかっただろうか。案じながら問うた瞬に、

「いや、俺は特に」

と佐生が笑う。

「新聞社や週刊誌は叔父さん叔母さんが対応してくれたし。とはいえそんなに来なかったよ。事件のインパクトは凄いけど、十五年も前だからもう『過去の人』って感じなんだろう」

「……そうか……」

大仰に取り上げられたのは犯人についてや今回の事件についてだったというのは、佐生にとってもよかったと思う。しかし、と瞬はやるせなさそうに見える彼の端整な顔を見やった。佐生もまた瞬を見る。

「俺さ」

「うん」

いよいよ事件の概要を聞かれるのかと瞬は密かに身構えたのだったが、佐生が告げ始めたのは予想していない言葉だった。

「あまり自覚はしてなかったけど、どこかで甘えてたんだよね。叔父さんや叔母さんや……それに瞬にも」

「え？」

思わず問い返した瞬に、少し恥ずかしそうにしながらも佐生が言葉を続ける。

「両親を不幸な事故で突然亡くした可哀想な子供だったのはもう十五年も前のことなのに、叔父さんや叔母さんが未だにそのことを気遣ってくれているのに甘えてた。いい年して恥ずかしいよ。今更って感じだけど」

「佐生……」

「お前にもすっかり甘えてたよな。悪い」

頭を下げられ、瞬は慌てて彼に声をかけた。

「謝ることなんかないよ。甘えるとかそんな、お互い様だろ。俺もお前に甘えてる部分あるし」

愚痴(ぐち)を聞いてもらったり、料理を作ってもらったり、と続けた瞬に佐生が、

「ありがとう」

と礼を言う。

「ともかく、いい加減大人になろうと思うよ。まずは夢をかなえるべく、いっそう頑張る。叔父さんともちゃんと話せた。大学を卒業することを条件に認めてもらえたよ」

「それはよかった」

心の底から瞬はそう思い、目の前にいるどこか吹っ切れた様子の佐生に微笑(ほほえ)んだ。佐生もまた照れたように笑い、缶ビールを呷(あお)る。

「素面(しらふ)じゃなかなか言いづらいから、飲んで待ってたんだ」

「そうだったのか」

てっきりやりきれなさからだと思っていたが、誤解だったようだ、と瞬は心の中で呟(つぶや)くと、自身もまたビールを呷った。

「もう甘えないと言いつつ、今日からまた世話になるけどよろしくな」

酔いゆえか、いつもより少し声のトーンが上がっている佐生が右手を差し出してくる。

「おう」

その手を握り返しながら瞬は、トラウマを乗り越えた友の成長を頼もしく感じると同時に、彼の夢の達成を心から願ったのだった。

※この作品はフィクションです。実在の人物・団体・事件などにはいっさい関係ありません。

集英社オレンジ文庫をお買い上げいただき、ありがとうございます。
ご意見・ご感想をお待ちしております。

● あて先
〒101-8050　東京都千代田区一ツ橋2-5-10
集英社オレンジ文庫編集部 気付
愁堂れな先生

許せない男

～警視庁特殊能力係～

集英社
オレンジ文庫

2020年8月25日　第1刷発行
2021年6月19日　第3刷発行

著　者　愁堂れな
発行者　北畠輝幸
発行所　株式会社集英社
〒101-8050東京都千代田区一ツ橋2-5-10
電話【編集部】03-3230-6352
【読者係】03-3230-6080
【販売部】03-3230-6393（書店専用）
印刷所　凸版印刷株式会社

ISBN 978-4-08-680338-0 C0193

集英社オレンジ文庫

愁堂れな
キャスター探偵
（シリーズ）

①金曜23時20分の男

金曜深夜の人気ニュースキャスターながら、
自ら取材に出向き、真実を報道する愛優一郎。
同居人で新人作家の竹之内は彼に振り回されてばかりで…。

②キャスター探偵 愛優一郎の友情

ベストセラー女性作家が5年ぶりに新作を発表し、
本人の熱烈なリクエストで愛の番組に出演が決まった。
だが事前に新刊を読んでいた愛は違和感を覚えて!?

③キャスター探偵 愛優一郎の宿敵

愛の同居人兼助手の竹之内が何者かに襲撃された。
事件当時の状況から考えると、愛と間違われて襲われた
可能性が浮上する。犯人の正体はいったい…？

④キャスター探偵 愛優一郎の冤罪

初の単行本を出版する竹之内と宣伝方針をめぐって
ケンカしてしまい、一人で取材へ向かった愛。
その夜、警察に殺人容疑で身柄を拘束されてしまい!?

仲村つばき

ベアトリス、お前は廃墟の鍵を持つ王女

王族による共同統治の国イルバス。
兄弟の対立を回避するため
王女ベアトリスは辺境にこもっていたが
政治的決断を迫られる時が訪れて…。